U0509629

BANQUET AND MUSIC

宴·樂

玉山雅集特展文献集

A Special Exhibition of Yushan Scholar Gathering Collection of Literature

赵宗概 主编

Editor Zhao Zonggai

上海書店出版社

SHANGHAI BOOKSTORE PUBLISHING HOUSE

FOREWORD

前言

今年是长三角一体化发展上升为国家战略5周年，我馆作为长三角美术馆协作机制理事单位，多年来积极推进与成员单位的馆际合作，共同分享区域内艺术发展成果。今年以“再看江南”——长三角文化推广展览系列项目的形式使合作的指向更加明确，江南文化是长三角地区的共有基因、精神纽带，也是上海着力打造的三大文化品牌之一，江南文化所具有的开放包容、敢为人先，崇文重教、精益求精，尚德务实、义利并举的特点，造就了丰厚的江南文明。

继2021年我馆与侯北人美术馆、苏州美术馆和苏州美术院合作展出“文采风流——玉山雅集特展”，今年再度推出“宴·乐——玉山雅集特展（第二回）”，在对“玉山雅集”相关人物、书画、文献、诗文和典籍介绍的基础上，继续对雅集的宴乐部分进行延展性的艺术呈现，以进一步阐述“玉山雅集”的文化价值及其对江南文化形成和发展的贡献。

元末诞生于昆山巴城的“玉山雅集”，是元代历史上规模最大、历时最久、创作最多的诗文雅集，是空前持续的文化盛会，和东晋的“兰亭雅集”、北宋的“西园雅集”成为驰名全国的三大雅集，引为历代文坛佳话。“玉山雅集”当时成为身处动荡社会中志趣相投的文人雅士躲避祸乱的世外桃源，他们宴饮山水之间，创作诗词歌赋，留下了大量的珍贵艺术佳作。

本次展览分为宴和乐两个部分，特别结合元四家之一倪瓒撰写的《云林堂饮食制度集》以及《玉山雅集诗集》，展出现当代艺术家创作的相关作品90余件，以期再现玉山雅集所蕴含的文化内涵，通过艺术家们的艺术视角和个性创作，将昔日雅集的氛围和雅士们的情感在美术馆的场域里与观众进行联结，呈现出依山傍水、吟诗作画的雅集背后所蕴含的天人合一的文化传统。

本次展览由长三角美术馆协作机制、刘海粟美术馆、侯北人美术馆、苏州美术馆、常州西太湖美术馆以及苏州美术院共同主办，展览在上海展出之后又赴常州西太湖美术馆及苏州美术馆进行巡展。

作为上海三大文化品牌之一的江南文化，厚植于中华优秀传统文化的丰沃土壤，并在上海城市发展变迁的历史进程中扮演了重要角色。追根溯源，“玉山雅集”无形中也成为了江南文化形成和发展过程中的重要缩影和见证，有其独特的历史地位和文化影响。守护与发展这一厚植中国优秀传统文化的人文资源，正是我们宣传和推广江南文化的核心理念，也是我们持续策划推出“玉山雅集”这一江南文化品牌系列展览的初心所在。

刘海粟美术馆

CONTENTS

目录

荣宝斋木版水印传世名画《韩熙载夜宴图》
玉山草堂　藏

荣宝斋木版水印传世名画《韩熙载夜宴图》

《韩熙载夜宴图》：(五代南唐)顾闳中绘。长卷。绢本设色。纵 28.7 厘米，横 335.5 厘米。现藏于北京故宫博物院。

此图所描绘的主人公韩熙载，字叔言，潍州北海(今山东潍坊)人。因避难来到南唐，任吏部侍郎、兵部尚书、勤政殿学士承旨等职，是南唐一位著名的大臣。他才能出众，颇有政治识见，初入朝时，抱负很大，立志恢复中原，曾扬言：“江左用吾为相，当长驱以定中原。”但昏庸腐朽的南唐小朝廷，一味苟且偷安，韩熙载的政治主张，不仅不能实现，还屡遭排挤，数次被贬官。韩熙载目睹南唐国势日衰，难以挽救，遂广蓄女乐，彻夜宴饮，以排忧愤。后主李煜很爱惜韩熙载之才能，又闻其生活豪奢，“欲见尊俎灯烛间觥筹交错之态度不可得，乃命闳中夜至其第，窃窥之，目识心记，图绘以上之”，故世有《韩熙载夜宴图》(详见《宣和画谱》)。这是此图大致的历史背景及创作意图。

《夜宴图》是南唐宫廷画家顾闳中唯一的传世之作。全图共分为五个段落：

一：听乐，写韩熙载与宾客宴饮，倾听琵琶演奏。据卷后题记，知床上虬髯长者为韩熙载；弹琵琶者是教坊副使李家明的妹妹；穿红衣者为状元郎粲：还有紫微朱铣、太常博士陈致雍、教坊副使李家明、门生舒雅、女伎王屋山等人。

二：观舞：翩翩起舞的娇小女子为王屋山，跳的是唐代广泛流行的软舞“六幺舞”，韩熙载亲擂羯鼓伴奏，拱手背立者为韩之好友释德明。

三：歇息：众人聚坐暂歇，侍女持笛准备下一场节目。

四：清吹：韩熙载敞衣袒腹，盘坐听诸女伎合奏管乐，李家明按牙板助兴。

五：散宴：夜宴结束，三两亲近宾客与女伎戏谑，韩执鼓槌送别。

全图人物众多，神态各异，场面豪华，色彩丰富，不愧为传世佳作。

从 1959 年开始，荣宝斋筹划用木版水印的方法复制《韩熙载夜宴图》，至 1979 年完成，前后长达 20 年之久，除去“文革”时间，实际用时也有 8 年之巨。

荣宝斋古画临摹复制专家陈林斋先生按故宫原画临摹，再分解在半透明的燕皮纸上；由雕版高手张延洲先生操刀，共刻板 1667 套，单就侍女裙一处就需 56 块套版，韩熙载胡须一个局部就需 5 块套版；最后由木版水印技师孙连旺先生进行最终印制，每幅画需刷印 8000 余次，共计刷印 30 万次以上，得成品 35 幅。本次展品编号为 19 号，现藏于玉山草堂。

《韩熙载夜宴图》——代表荣宝斋众多复制作品中的最高水平，是被后世公认的木版水印的巅峰之作。作品一经完成，直接被故宫博物院定为“次真品”，在 2006 年“中国非物质文化遗产保护成果展”中，成为扛鼎之作。

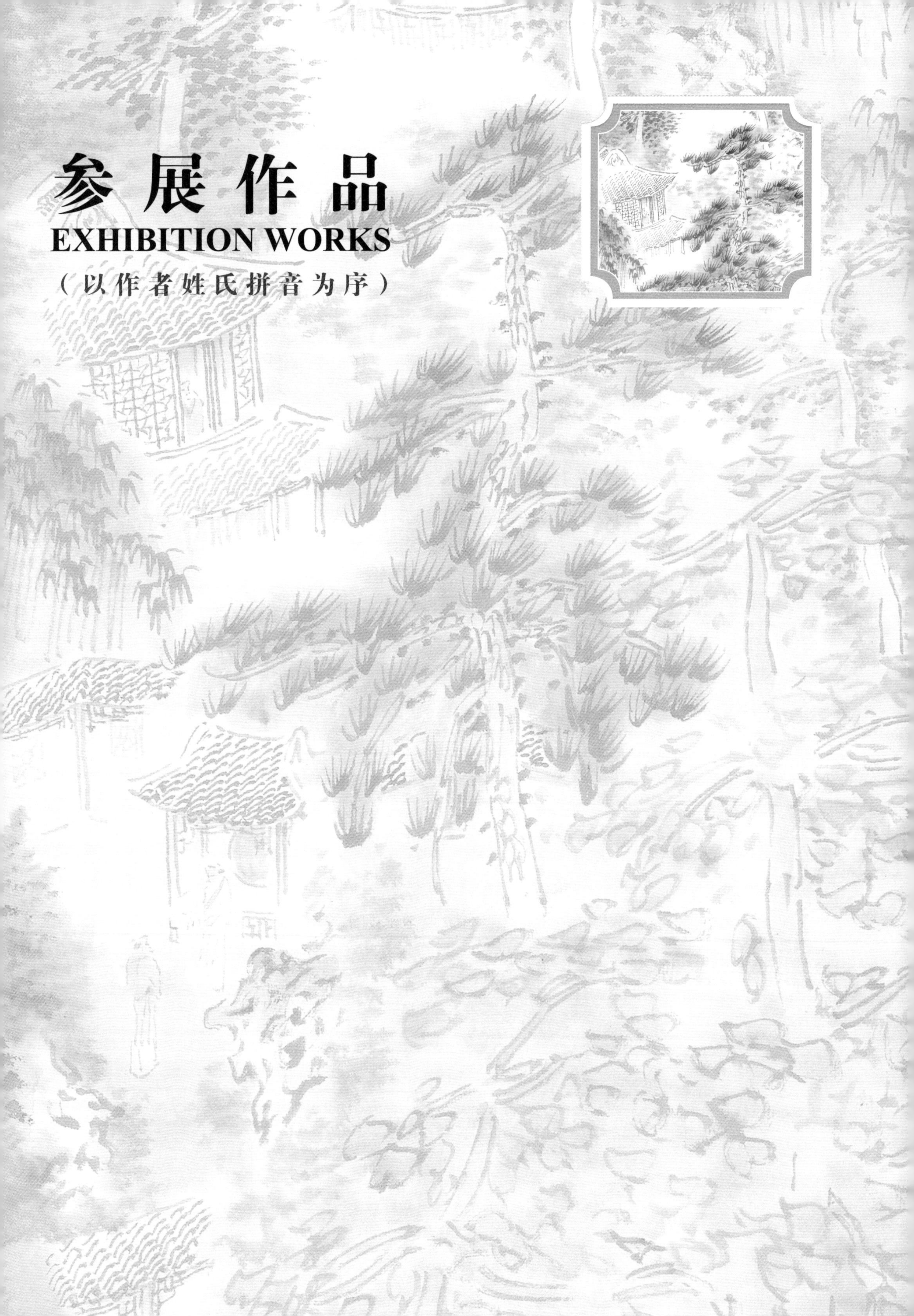

参展作品
EXHIBITION WORKS

（以作者姓氏拼音为序）

蔬果

陈军
50cm × 40cm
油画

夏雨初收枇杷肥

陈琪
58cm × 48cm
国画
苏州美术馆 藏

梅花三弄

陈旸
35cm × 138cm
国画

忆故人

陈旸
47cm × 44cm
国画

临溪抚琴

陈洪大
136cm × 34cm
国画

暗香

陈金柳
50cm × 40cm
油画

蔬果一号

陈危冰
40cm × 25cm
扇面

岁朝清供

程小青
185cm × 45cm
国画
苏州美术馆 藏

急管催清觞

丁懂
96cm × 60cm
国画

绿荫生暗芳

丁建中
138cm × 70cm
国画

芭蕉小鸟

窦飒飒
136cm × 70cm
国画

硕果图

冯俭

208cm × 100.5cm

国画

苏州美术馆 藏

鱼

傅小宁
69.5cm × 69cm
国画

两相望

高云
68cm × 68cm
国画

桃花流水鳜鱼肥

高建胜
138cm × 35cm
国画

贤聚图

高洪啸
137cm × 34cm
国画

良辰美景奈何天

贺成
68cm × 69cm
国画

鱼一

贺野
34cm × 34cm
国画
苏州美术馆 藏

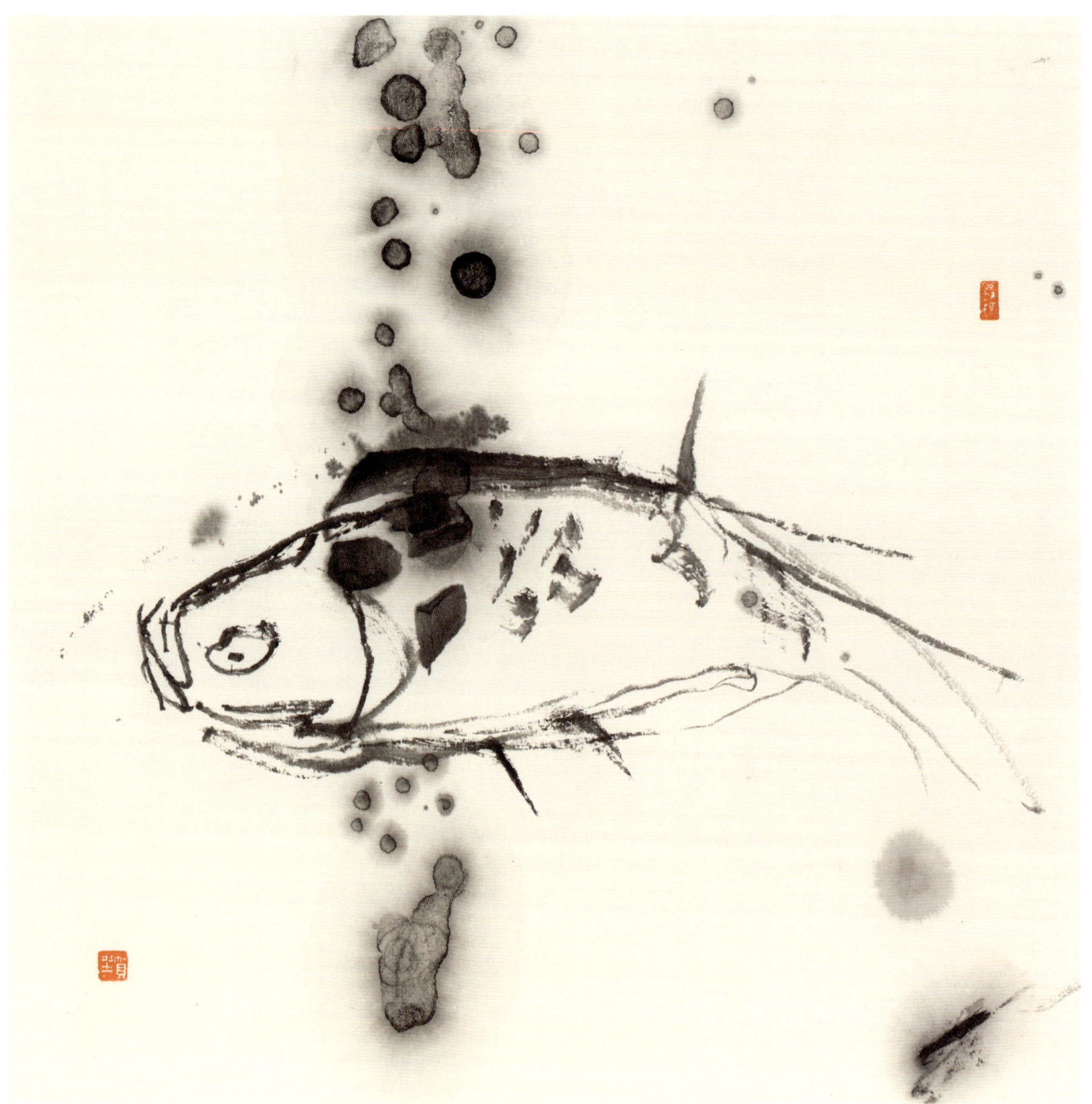

鱼二

贺野
34cm × 34.5cm
国画
苏州美术馆 藏

鱼三

贺野
34cm × 34cm
国画
苏州美术馆 藏

最是橙黄蟹肥时

贺野
69cm × 69cm
国画
苏州美术馆 藏

戏曲人物

胡玉
68cm × 68cm
国画

家常

杭鸣时
53cm × 77cm
粉画
苏州美术馆 藏

红柿

杭鸣时
36cm × 48cm
粉画
苏州美术馆 藏

枇杷

杭鸣时
39cm × 54cm
粉画
苏州美术馆 藏

佛手

胡宁娜
68cm × 54cm
国画

梦戏·江南

季平
96cm × 90cm
国画

大利图

贾广建
69cm × 45cm
国画

蔬果写生

姜竹松
31cm × 41cm × 3
国画

春雨

孔紫
69cm × 69cm
国画

色艳成丹火

刘蟾
39cm × 69cm
国画

湖畔夜色

李庆
56cm × 75cm
水彩

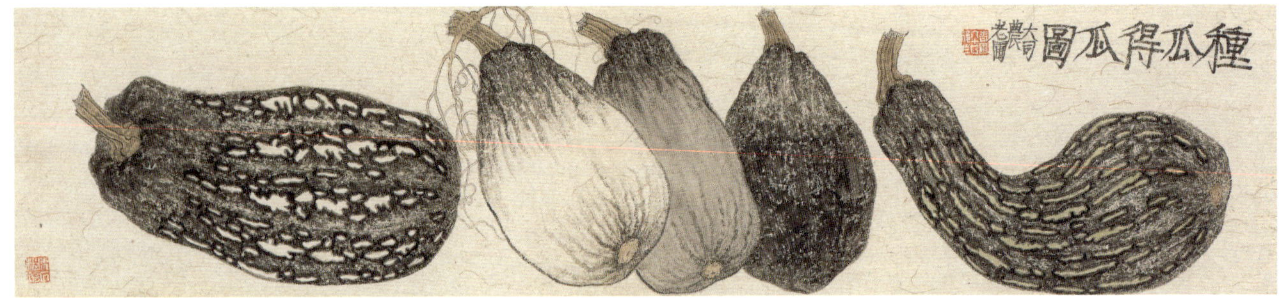

种瓜得瓜图

老圃
31cm × 138cm
国画

空谷抚琴图

李国传
50cm × 48cm
国画

抚琴会友图

李国传
47cm × 45cm
国画

渔庄雅集

李晓东
137cm × 34cm
国画

西山五月

刘建华
4570cm × 70cm
国画

秋实

李长治
212cm × 117cm
国画
苏州美术馆 藏

清荷

毛小榆
70cm × 70cm
国画

吟唱

毛小榆
70cm × 70cm
国画

问月

庞飞
65cm × 39cm
国画

牧月

庞飞
65cm × 39cm
国画

合乐图

沈虎

132cm × 32cm × 5

国画

渔歌子

邵连
137cm × 35cm
国画

梧竹幽居

孙君良
139cm × 34cm
国画

集贤宾

孙宽
138cm × 35cm
国画

清供图扇面

沙曼翁
46.5cm × 71.5cm
国画
苏州美术馆 藏

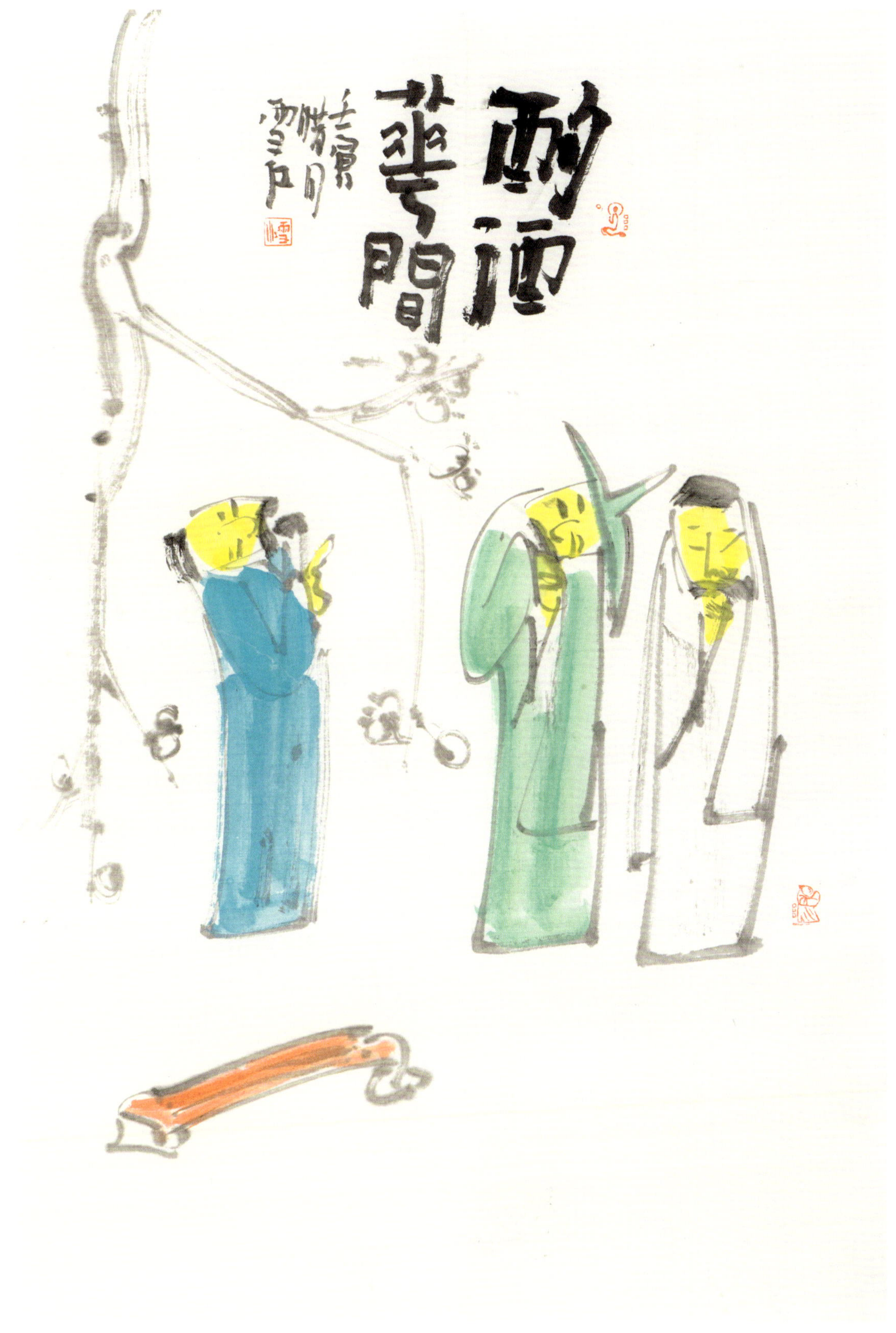

酌酒花间

沈雪江
46cm × 70cm
国画

一花一世界

沈雪江
46cm × 70cm
国画

一片春愁待酒澆江上舟搖樓上帘招秋娘渡
與泰娘橋風又飄飄雨又蕭蕭何何日歸家洗客袍銀字
笙調心字香燒流光容易把人拋紅了櫻桃綠了芭蕉
壬寅春寫蔣捷一剪梅舟過吳江詞意

松鼠樱桃 册页

宋玉麟
45cm × 63.5cm
国画

听竹图

唐辉
68cm × 68cm
国画

二十四节气团扇 小品

陶花
直径 28cm
柄长 16.5cm
国画
苏州美术馆 藏

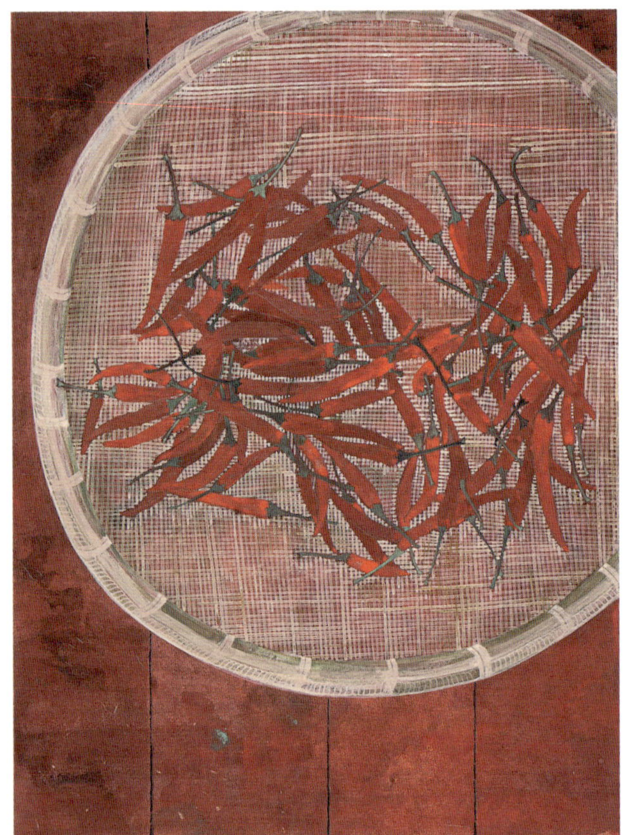

入春无物不芳鲜

陶鋆霞
96cm × 82cm × 4
国画
苏州美术馆 藏

蟹

陶敏荣
26.5cm × 33cm
水彩画
苏州美术馆 藏

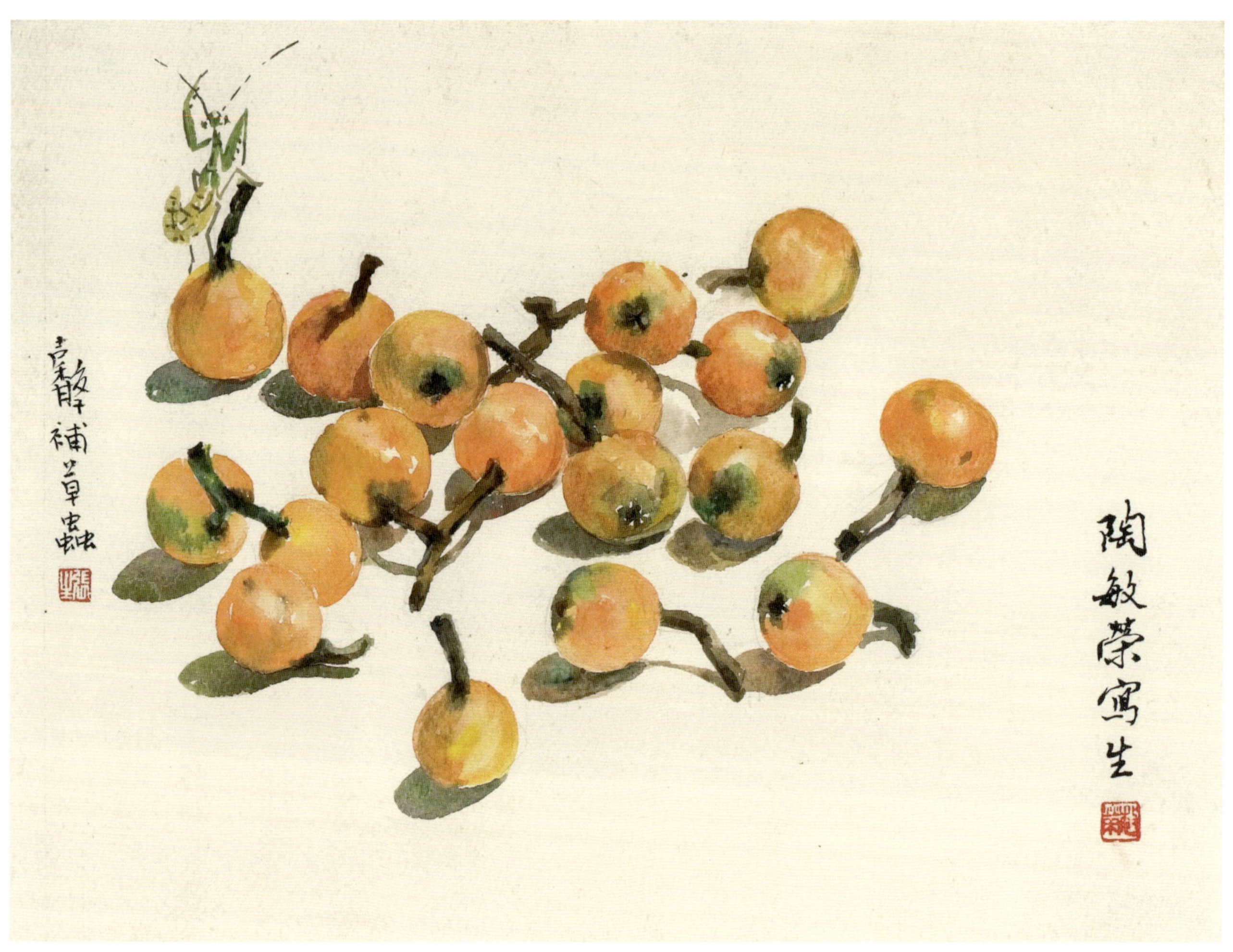

东山枇杷

陶敏棠 张继馨
29cm × 38.5cm
水彩画
苏州美术馆 藏

葡萄

陶敏荣
31cm × 41cm
水彩画
苏州美术馆 藏

蟹肥菊黄

陶敏荣 张继馨
39.5cm × 54cm
水彩画
苏州美术馆 藏

藕

陶敏荣
32.5cm × 44.5cm
水彩画
苏州美术馆 藏

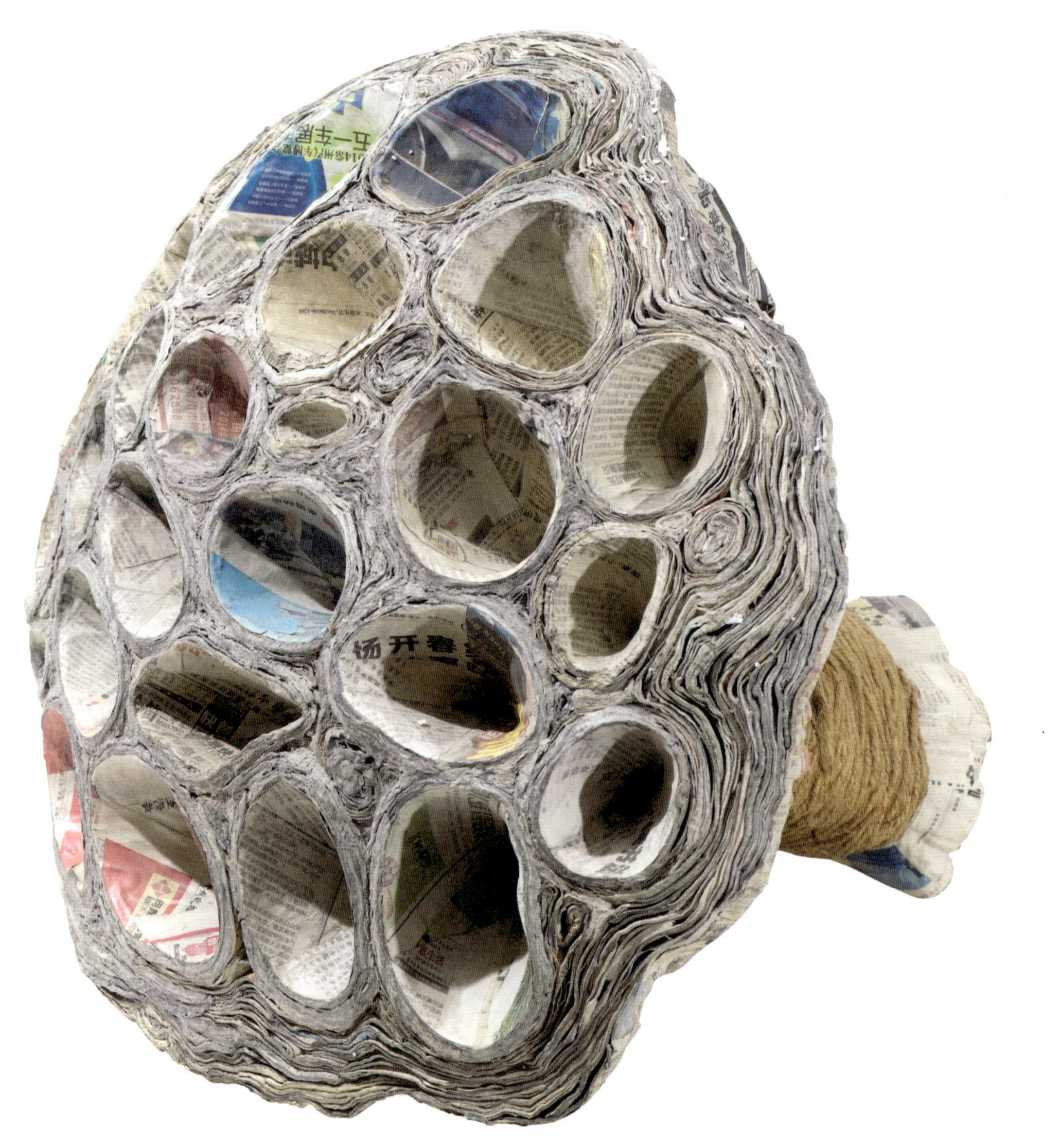

莲蓬

秦虹
50cm × 60cm × 60cm
雕塑

农家灶

瞿志民
40cm × 40cm
版画
苏州美术馆 藏

流光皎月

王鹭
60cm × 60cm
油画

鸡

王晴
52cm × 70cm
版画

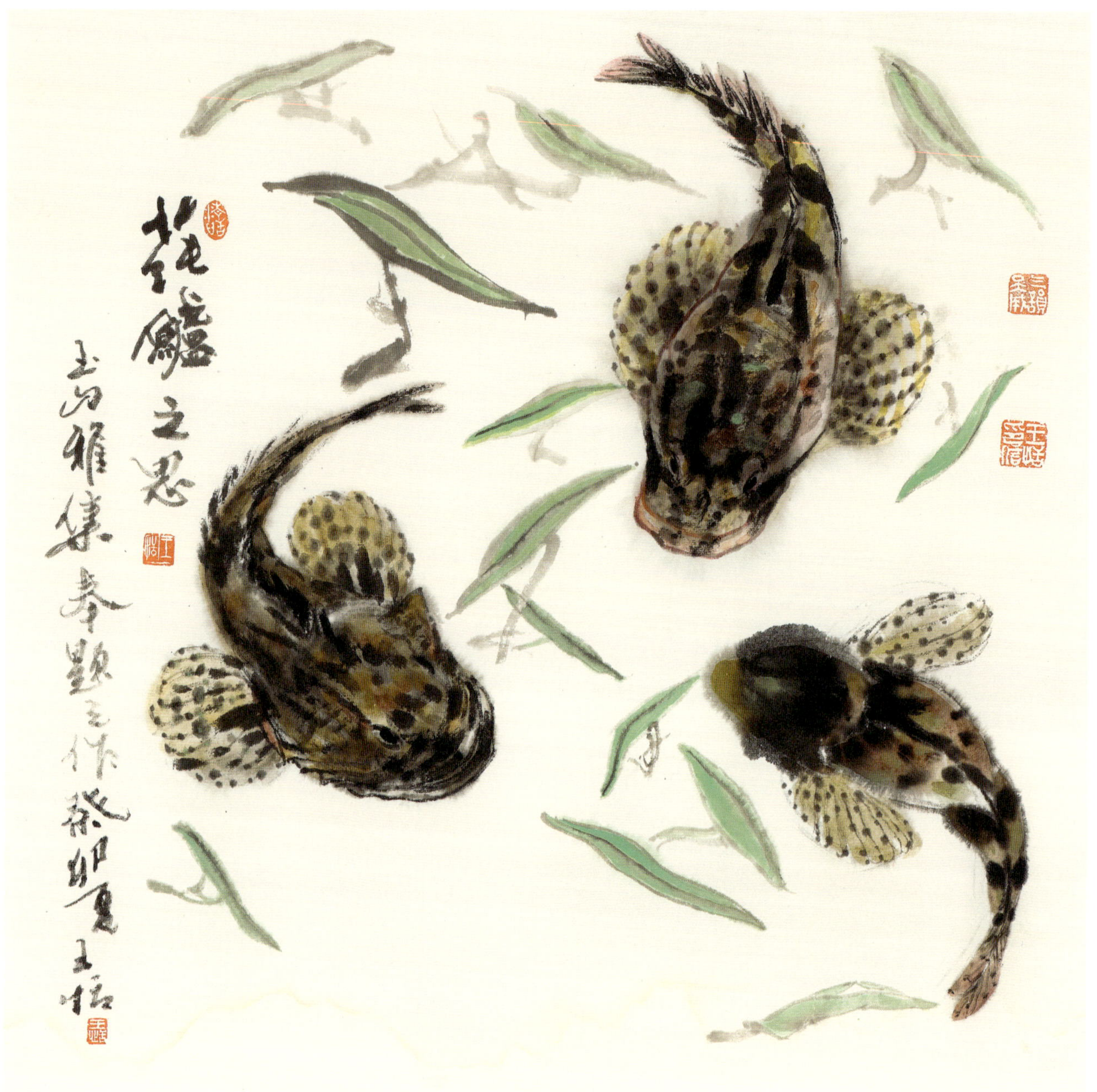

纯鲈之思

王恬
68cm × 68cm
国画

岸上茗香暖

温瑛
69cm × 69cm
国画

鱼之乐

王国安
34.5cm × 49.5cm
国画

梵呗

王震坤
47cm × 37cm
国画

梵音

王震坤
47cm × 37cm
国画

可诗斋雅集诗意图

徐震
137cm × 35cm
国画

香远韵幽

徐惠泉
68cm × 68cm
国画

枇杷果

萧淑芳
34cm × 47cm
国画
苏州美术馆 藏

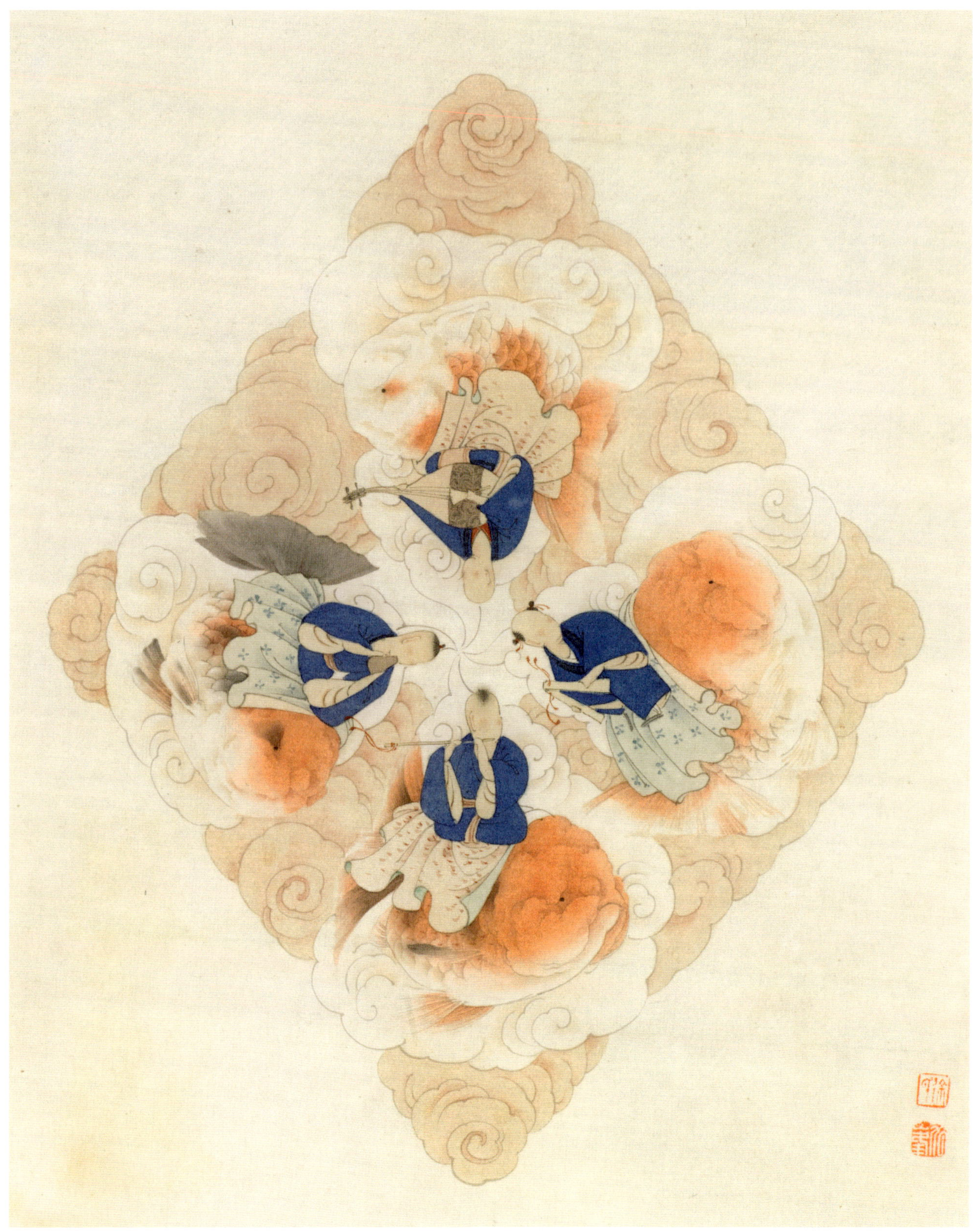

醉仙游

徐旭峰
30cm × 30cm
国画

葡萄

薛企荧
23cm × 30cm
素描
苏州美术馆 藏

葡萄

薛企荧
23cm × 30cm
素描
苏州美术馆 藏

张翥《题钓月轩》诗意图

杨辰
136cm × 34cm
国画

洋葱

杨参军
58cm × 72cm
油画
苏州美术馆 藏

春塘水生摇绿漪

姚永强
140cm × 35cm
国画

余韵

朱刚
66cm × 46cm
国画

一袭绿衣

张永
60cm × 60cm
油画

白菜与蝈蝈

朱双大
65cm × 80cm
油画

阳澄湖鲜

朱文林

80cm × 35cm

国画

侍女吹箫

张渭人
45cm × 48cm
国画

知音

张渭人
70cm × 85cm
国画

阳澄时鲜

张惠新
33cm × 33cm
国画

桃花舞尽飞花香

张惠新
33cm × 33cm
国画

美酒尽在酒不同

张惠新
33cm × 33cm
国画

暗香

张家毅
62cm × 56cm
国画

瓜棚家禽图

张辛稼
212cm × 59cm
国画
苏州美术馆 藏

清平乐

张小琴
69cm × 70cm
国画

三酸像

周矩敏
138cm × 69cm
国画

子熟枇杷一树金

张风塘
138cm × 36cm
国画

后台系列之一

周卫平
50cm × 50cm
国画

后台系列之四

周卫平
50cm × 50cm
国画

珠玉玲珑图

章柳燕
79cm × 40cm
国画

四乐图

赵宗概
139cm × 34cm
国画

现场篇
SCENES

2023 年 2 月 24 日于昆山巴城玉山草堂举行 2023 年“玉山雅集特展”策展工作会议

江苏省文联副主席、江苏省美协副主席徐惠泉

著名作家杨守松

刘海粟美术馆馆长鲍薇华

常州西太湖美术馆馆长张安娜

苏州市公共文化中心副主任、苏州名人馆副馆长杨文涛

苏州市公共文化中心副主任、苏州美术馆副馆长杨艺

苏州市美术家协会主席、苏州美术院院长陈危冰

昆山市阳澄湖名人文化村玉山胜境有限公司副总经理祁学明

长三角美术馆协作机制秘书长赵宗概

刘海粟美术馆展览部主任李学东

2023 年 8 月 28 日，“宴·乐——玉山雅集特展（第二回）”刘海粟美术馆开幕式现场

玉山雅集特展 [第二回]
A SPECIAL EXHIBITION OF YUSHAN LITERATI PARTY II
“再看江南”系列展览项目
2020年昆山融入上海推介会文旅合作签约项目
主办单位
长三角美术馆协作机制
出品人
鲍薇华 霍国强 张安娜 徐惠 陈危冰
项目总监

出席开幕式嘉宾合影

宴
·
樂

刘海粟美术馆馆长鲍薇华致辞

侯北人美术馆馆长霍国强致辞

嘉宾剪彩

江苏省文联副主席、江苏省美协副主席徐惠泉接受上海电视台记者采访

策展人赵宗概主持开幕式

策展人李学东导览

展览现场

展览现场

展览现场

座谈会

2023 年 9 月 26 日常州西太湖美术馆“宴·乐——玉山雅集特展（第二回）”开幕，常州西太湖美术馆馆长张安娜主持

常州西太湖科技产业园管委会副主任顾秦仙致辞

刘海粟美术馆馆长鲍薇华致辞

著名书画家刘蟾致辞

长三角美术馆协作机制秘书长赵宗概致辞

展览现场

开幕式嘉宾合影

展［Ⅱ］
IBITION OF
ATI PARTY II
推广展览系列项目
主办单位：
长三角美术馆协作机制
刘海粟美术馆
侯北人美术馆
苏州美术馆
常州西太湖美术馆
苏州美术院
出品人：
霍国强
陈危冰
策展人：
承办单位：
李学东

开幕式现场

展览现场

2024 年 7 月 5 日“宴·乐——玉山雅集特展（第二回）”在苏州美术馆开幕

展览现场

江苏省文联副主席、江苏省美协副主席徐惠泉现场导赏

苏州市公共文化中心主任、苏州美术馆馆长徐惠主持导赏活动

展览现场

展览现场

展览现场

展览现场

術
館
07.05_08.04
玉山雅集特展[第二回]
A SPECIAL EXHIBITION OF
YUSHAN LITERATI PARTY II
樂

樂

展览现场

本次特展特邀演出昆曲《牡丹亭》

2025 年玉山雅集特展（第三回）主题策划座谈会于 2024 年 7 月 4 日在昆山巴城玉山草堂举行

刘海粟美术馆馆长郁镇宇

昆山市阳澄湖名人文化村玉山胜境有限公司总经理沈岗

苏州市公共文化中心副主任、苏州美术馆副馆长杨艺

浙江省版画家协会副主席、原嘉兴美术馆馆长凌加春

合肥亚明艺术馆馆长何昊

侯北人美术馆馆长顾晶晶

嘉兴美术馆书记、副馆长陈哲峰

长三角美术馆协作机制秘书长赵宗概

苏州市公共文化中心美术馆管理部部长高翔

刘海粟美术馆党政办主任赵纯

侯北人美术馆副馆长丁懂

刘海粟美术馆展览部主任李学东

侯北人美术馆副馆长朱文林

媒体篇
MEDIA

“玉山雅集特展”第二回亮相刘海粟美术馆

人民日报客户端上海频道曹玲娟 2023-08-26 17:29 浏览量 1.7 万

责任编辑：曹玲娟

人民日报 有品质的新闻 打开

“玉山雅集特展”第二回亮相刘海粟美术馆

人民日报客户端上海频道　曹玲娟　2023-08-26 17:29
浏览量1.7万

继2021年刘海粟美术馆与侯北人美术馆、苏州美术馆和苏州美术院合作展出“文采风流——玉山雅集特展”，2023年8月26日，“宴·乐：玉山雅集特展（第二回）”亮相刘海粟美术馆，在对“玉山雅集”相关的人物、书画、文献、诗文和典籍介绍的基础上，继续对雅集的宴乐部分进行延展性的艺术呈现，阐述“玉山雅集”的文化价值及其对江南文化形成和发展的贡献。

元末诞生于昆山巴城的“玉山雅集”，是元代历史上规模最大、历时最久、创作最多的诗文雅集，和东晋的“兰亭雅集”、北宋的“西园雅集”成为三大雅集，引为文坛佳话。“玉山雅集”当时成为身处动荡社会中志趣相投的文人雅士躲避祸乱的世外桃源，他们以山水之间的宴饮为乐，以诗词歌赋为媒介，留下了大量的珍贵艺术佳作。

继 2021 年刘海粟美术馆与侯北人美术馆、苏州美术馆和苏州美术院合作展出“文采风流——玉山雅集特展”，2023 年 8 月 26 日，“宴·乐——玉山雅集特展（第二回）”亮相刘海粟美术馆，在对“玉山雅集”相关的人物、书画、文献、诗文和典籍介绍的基础上，继续对雅集的宴乐部分进行延展性的艺术呈现，阐述“玉山雅集”的文化价值及其对江南文化形成和发展的贡献。

元末诞生于昆山巴城的“玉山雅集”，是元代历史上规模最大、历时最久、创作最多的诗文雅集，和东晋的“兰亭雅集”、北宋的“西园雅集”成为三大雅集，引为文坛佳话。“玉山雅集”当时成为身处动荡社会中志趣相投的文人雅士躲避祸乱的世外桃源，他们以山水之间的宴饮为乐，以诗词歌赋为媒介，留下了大量的珍贵艺术佳作。

本次展览分为宴和乐两个部分，结合元四家之一倪瓒撰写的《云林堂饮食制度集》以及《玉山雅集诗集》，展出现当代艺术家创作的相关作品 90 余件，以期再现玉山雅集所蕴含的文化内涵，通过艺术家们的艺术视角和个性创作，呈现雅集背后所蕴含的天人合一的文化传统。

江南文化是长三角地区的共有基因、精神纽带。江南文化所具有的开放包容、敢为人先，崇文重教、精益求精，尚德务实、义利并举的特点，造就了丰厚的江南文明，同样在上海城市发展变迁的历史进程中扮演了重要角色。刘海粟美术馆馆长鲍薇华表示，追根溯源，“玉山雅集”无形中也成为了江南文化形成和发展过程中的重要缩影和见证，“守护与发展这一厚植中国优秀传统文化的人文资源，是我们持续策划推出‘玉山雅集’这一江南文化品牌系列展览的初衷所在”。

展览由长三角美术馆协作机制、刘海粟美术馆、侯北人美术馆、苏州美术馆、常州西太湖美术馆以及苏州美术院共同主办，在上海展出后将赴常州西太湖美术馆及苏州美术馆进行巡展。

在刘海粟美术馆重回“玉山雅集”

光明日报客户端光明日报全媒体记者颜维琦 2023-08-31 10:58

责任编辑：陈芃朴

江南在中国历史上，不是一个简单的地域概念，更是一种文化概念。这片诗意的土地，有着悠久的历史和灿烂的文明。江南文化是长三角地区的共有基因、精神纽带，也是上海着力打造的三大文化品牌之一。继 2021 年刘海粟美术馆与侯北人美术馆、苏州美术馆和苏州美术院合作展出“文采风流——玉山雅集特展”后，近日，“宴·乐——玉山雅集特展（第二回）”在刘海粟美术馆亮相。

展览在对“玉山雅集”相关的人物、书画、文献、诗文和典籍的介绍的基础上，对雅集的宴乐部分进行延展性的艺术呈现，以进一步阐述“玉山雅集”的文化价值及其对江南文化形成和发展的贡献。

元末顾瑛主持的“玉山雅集”，诞生于昆山巴城，是元代历史上规模最大、历时最久、创作最多的诗文雅集，在古代文学和艺术史上有着承前启后的意义，在学术史中独树一帜。这场空前持续的文化盛会，和东晋的“兰亭雅集”、北宋的“西园雅集”成为驰名全国的三大雅集。其时的“玉山雅集”，犹如一个艺术俱乐部，为元季江南文人提供了一个心灵避难所，同时又是艺术的生产和传播场，成为元末江南文人活动的基地。

本次展览分为宴和乐两个部分，特别结合元四家之一倪瓒撰写的《云林堂饮食制度集》以及《玉山雅集诗集》，展出现当代艺术家创作的相关作品 90 余件，以期再现玉山雅集所蕴含的文化内涵，通过艺术家们的艺术视角和个性创作，将昔日雅集的氛围和情感在美术馆的场域里与观众进行联结，呈现出依山傍水、吟诗作画的雅集背后所蕴含的文化传统。

在刘海粟美术馆馆长鲍薇华看来，作为上海三大文化品牌之一的江南文化，厚植于中华优秀传统文化的丰沃土壤，并在上海城市发展变迁的历史进程中扮演了重要角色。追根溯源，“玉山雅集”无形中也

光明日报
思想文化大报、知识分子精神家园
打开

在刘海粟美术馆重回“玉山雅集”

光明日报客户端 光明日报全媒体记者颜维琦 2023-08-31 10:58

江南在中国历史上，不是一个简单的地域概念，更是一种文化概念。这片诗意的土地，有着悠久的历史和灿烂的文明。江南文化是长三角地区的共有基因、精神纽带，也是上海着力打造的三大文化品牌之一。继2021年刘海粟美术馆与侯北人美术馆、苏州美术馆和苏州美术院合作展出《文采风流——玉山雅集特展》后，近日，《宴·乐：玉山雅集特展（第二回）》在刘海粟美术馆亮相。

成为江南文化形成和发展过程中的重要文化缩影和见证，有其独特的历史地位和文化影响。

“守护与发展这一厚植中国优秀传统文化的人文资源，正是我们宣传和推广江南文化的核心理念，也是我们持续策划推出‘玉山雅集’这一江南文化品牌系列展览的初心所在。”鲍薇华介绍，今年是长三角一体化发展上升为国家战略5周年，刘海粟美术馆作为长三角美术馆协作机制理事单位，多年来积极推进与成员单位的馆际合作，共同分享区域内艺术发展成果。今年以“再看江南”——长三角文化推广展览系列项目的形式，使合作的指向更加明确。

此次展览由长三角美术馆协作机制、刘海粟美术馆、侯北人美术馆、苏州美术馆、常州西太湖美术馆以及苏州美术院共同主办，展览在上海展出之后还将赴常州西太湖美术馆及苏州美术馆进行巡展。

（光明日报全媒体记者 颜维琦）

玉山雅集第二弹！刘海粟美术馆看“宴”与“乐”

2023-08-28 11:28:56 作者：熊芳雨 来源：东方网

东方网8月28日消息：“宴·乐——玉山雅集特展（第二回）”在刘海粟美术馆开幕，这是继2021年刘海粟美术馆与侯北人美术馆、苏州美术馆和苏州美术院合作展出“文采风流——玉山雅集特展”后的续篇。

展览分为宴和乐两个部分，特别结合元四家之一倪瓒撰写的《云林堂饮食制度集》以及《玉山雅集诗集》，展出现当代艺术家创作的相关作品90余件，进一步阐述“玉山雅集”的文化价值及其对江南文化形成和发展的贡献。

元末诞生于昆山巴城的“玉山雅集”，是元代历史上规模最大、历时最久、创作最多的诗文雅集，它和东晋的“兰亭雅集”、北宋的“西园雅集”并称为三大雅集，被历代文坛引为佳话。据学者统计，玉山雅集前后约有一百四十余位文化人参加，诗人、古文家、学者、书画家众角齐备，其中不乏倪瓒等一代文化巨子。文人雅士们以山水之间的宴饮为乐，以诗词歌赋为媒介，留下了大量艺术佳作。吴门画派也通过雅集得到了继承与发展。

刘海粟美术馆馆长鲍薇华指出，作为上海三大文化品牌之一的江南文化，厚植于中华优秀传统文化的丰沃土壤，并在上海城市发展变迁的历史进程中扮演了重要角色。追根溯源，“玉山雅集”无形中也成为了江南文化形成和发展过程中的重要文化缩影和见证，有其独特的历史地位和文化影响。“守护与发展这一厚植中国优秀传统文化的人文资源，正是我们推广江南文化的核心理念，也是我们持续策划推出‘玉山雅集’这一江南文化品牌系列展览的初心所在。”

本次展览由长三角美术馆协作机制、刘海粟美术馆、侯

下载APP

玉山雅集第二弹！刘海粟美术馆看“宴”与“乐”

东方网

08-28 11:28:56

东方网8月28日消息：《宴·乐：玉山雅集特展（第二回）》在刘海粟美术馆开幕，这是继2021年刘海粟美术馆与侯北人美术馆、苏州美术馆和苏州美术院合作展出《文采风流——玉山雅集特展》后的续篇。

展览分为宴和乐两个部分，特别结合元四家之一倪瓒撰写的《云林堂饮食制度集》以及《玉山雅集诗集》，展出现当代艺术

北人美术馆、苏州美术馆、常州西太湖美术馆以及苏州美术院共同主办。鲍薇华说，今年是长三角一体化发展上升为国家战略5周年，刘海粟美术馆作为长三角美术馆协作机制理事单位，多年来积极推进与成员单位的馆际合作，共同分享区域内艺术发展成果。展览将于9月17日结束，在上海展出之后，还将赴常州西太湖美术馆及苏州美术馆进行巡展。

从宴乐出发，再探七百年前这个江南文人雅集的文化价值

文汇报　2023-08-26 22:04:07

作者：范昕 / 编辑：郭超豪 / 责任编辑：邢晓芳

今年是长三角一体化发展上升为国家战略5周年。继两年前刘海粟美术馆与侯北人美术馆、苏州美术馆和苏州美术院合作展出“文采风流——玉山雅集特展”，今天，刘海粟美术馆迎来“宴·乐——玉山雅集特展（第二回）”，作为“再看江南”长三角文化推广展览系列项目之一。

展览在对“玉山雅集”相关的人物、书画、文献、诗文和典籍的介绍的基础上，继续对雅集的宴乐部分进行延展性的艺术呈现，以进一步阐述“玉山雅集”的文化价值及其对江南文化形成和发展的贡献。

元末诞生于昆山巴城的“玉山雅集”，是元代历史上规模最大、历时最久、创作最多的诗文雅集，是空前持续的文化盛会，和东晋的“兰亭雅集”、北宋的“西园雅集”成为驰名全国的三大雅集，引为历代文坛佳话。“玉山雅集”当时成为身处动荡社会中志趣相投的文人雅士躲避祸乱的世外桃源，文人雅士们以山水之间的宴饮为乐，以诗词歌赋为媒介，留下了大量的珍贵艺术佳作。

持续了近20年的玉山雅集，以讲究的场地布置，精致的陈设器皿，美味的佳肴，歌舞佐酒，吟诗作画，享受不疾不徐的闲适风采，吸引文豪名士与会。他们留下的诗篇，经历时间的沉淀，成为雅集独特的品味。有专家认为，正是由于诗性与审美内涵直接代表着个体生命在更高层次上自我实现的需要，所以说，人文精神生最早、积淀最深厚的中国文化，是在江南文化中才实现了它在逻辑上的最高环节，并在现实中获得了为全面的发展。

本次展览分为宴和乐两个部分，特别结合元四家之一倪瓒撰写的《云林堂饮食制度集》以及《玉山雅集诗集》，展出现当代艺术家创作的相关作品90余件，以期再现玉山雅集所蕴含的文化内涵，通过艺术家们的艺术视角和个性创作，将昔日雅集的氛围和雅士们的情感在美术馆的场域里与观众进行联结，呈现出依山傍水、吟诗作画的雅集背后所蕴含的天人合一的文化传统。

刘海粟美术馆馆长鲍薇华指出，作为上海三大文化品牌之一的江南文化，厚植于中华优秀传统文化的丰沃土壤，并在上海城市发展变迁的历史进程中扮

文汇APP下载　下载APP

从宴乐出发，再探七百年前这个江南文人雅集的文化价值

2023-08-26 22:04:07　作者：范昕

今年是长三角一体化发展上升为国家战略五周年。继两年前刘海粟美术馆与侯北人美术馆、苏州美术馆和苏州美术院合作展出《文采风流——玉山雅集特展》，今天，刘海粟美术馆迎来《宴·乐：玉山雅集特展（第二回）》，作为"再看江南"长三角文化推广展览系列项目之一。

展览在对"玉山雅集"相关的人物、书画、文献、诗文和典籍的介绍的基础上，继续对雅集的宴乐部分进行延展性的艺术呈现，以进

演了重要角色。追根溯源，"玉山雅集"无形中也成为了江南文化形成和发展过程中的重要文化缩影和见证，有其独特的历史地位和文化影响。"守护与发展这一厚植中国优秀传统文化的人文资源，正是我们推广江南文化的核心理念，也是我们持续策划推出'玉山雅集'这一江南文化品牌系列展览的初心所在。"

刘海粟美术馆作为长三角美术馆协作机制理事单位，多年来积极推进与成员单位的馆际合作，共同分享区域内艺术发展成果。今年以"再看江南"长三角文化推广展览系列项目的形式使合作的指向更加明确，江南文化是长三角地区的共有基因、精神纽带，也是上海着力打造的三大文化品牌之一，江南文化所具有的开放包容、敢为人先，崇文重教、精益求精，尚德务实、义利并举的特点，造就了丰厚的江南文明。

本次展览由长三角美术馆协作机制、刘海粟美术馆、侯北人美术馆、苏州美术馆、常州西太湖美术馆以及苏州美术院共同主办，9月17日结束在上海的展出后，还将赴常州西太湖美术馆及苏州美术馆进行巡展。"兴盛于江南的雅集甚至影响了日后的海派艺术。"刘海粟美术馆副馆长靳文艺说。在玉山雅集，人们赋诗作画、欣赏艺术之外，也购藏书画。近代在上海兴起的种种画会正是视交易为重要一环，市场也正是窥探海派艺术的一个重要维度。

“宴 · 乐—玉山雅集特展”凝练江南雅集文化传统

周到

作者：詹皓 / 编辑：詹皓 / 来源：周到 / 视频来源：詹皓

图片来源：何雯亚 / 时间：2023-08-26 19:03

由长三角美术馆协作机制、刘海粟美术馆、侯北人美术馆、苏州美术馆、常州西太湖美术馆以及苏州美术院共同主办的“宴·乐——玉山雅集特展（第二回）”8 月 26 日至 9 月 17 日在刘海粟美术馆举行。

诞生于昆山巴城的“玉山雅集”，是元代历史上规模最大、历时最久、创作最多的诗文雅集，和东晋“兰亭雅集”、北宋“西园雅集”并称为全国三大雅集，引为历代文坛佳话。

继 2021 年刘海粟美术馆与侯北人美术馆、苏州美术馆和苏州美术院合作展出“文采风流——玉山雅集特展”后，今年再度推出“宴·乐——玉山雅集特展（第二回）”，在对“玉山雅集”相关的人物、书画、文献、诗文和典籍进行介绍的基础上，继续对雅集的宴乐部分进行延展性的艺术呈现，阐述“玉山雅集”的文化价值及其对江南文化形成和发展的贡献。

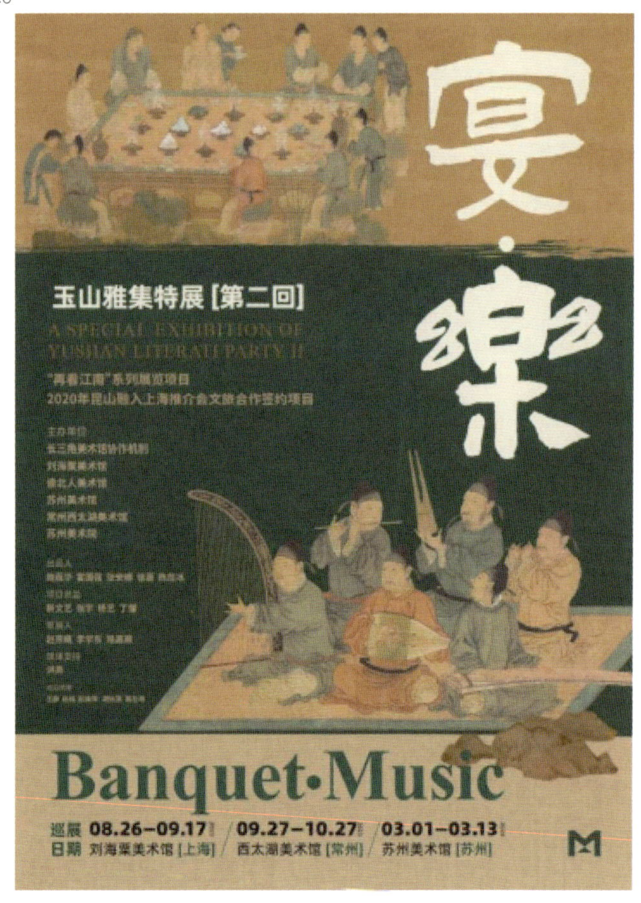

刘海粟美术馆馆长鲍薇华表示，江南文化厚植于中华优秀传统文化的丰沃土壤，并在上海城市发展变迁中扮演了重要角色。而追根溯源，“玉山雅集”无形中也成为了江南文化形成和发展过程中的重要文化缩影和见证，这也是我们持续策划推出“玉山雅集”系列展览的初心所在。

江苏省文联副主席、江苏省美协副主席徐惠泉表示，本次展览从“宴·乐”入手，探讨了玉山雅集这样一个文化事件以及影响力。“宴·乐”是中国传统文化中非常重要的两个方面，“宴”讲的是以吃为代表的物质生活层面；“乐”不光是音乐，更是文化上的追求。通过“宴·乐”，我们来探讨古人的生活方式及其形成的原因。

在本次展览的研讨会上，与会嘉宾也谈到了玉山雅集对江南文化的影响。玉山雅集在昆山持续时间近 20 年，吸引了各地 140 余位诗人、古文家、学者、书画家参与其中，包括著名诗人杨维桢、画家倪云林等文化巨子。他们或饮酒赋诗，或品鉴古玩，或挥毫泼墨，或清谈名理，或寄情山水，或观赏歌舞，无不兴尽而罢。尤其元代书画领域最具代表性的人物参与活动，让吴门画派通过雅集得到了继承与发展。

本次展览展出现当代艺术家创作的相关作品90余件，上海展览结束后，将赴常州西太湖美术馆和苏州美术馆进行巡展。

由长三角美术馆协作机制、刘海粟美术馆、侯北人美术馆、苏州美术馆、常州西太湖美术馆以及苏州美术院共同主办的“宴·乐：玉山雅集特展（第二回）”8月26日至9月17日在刘海粟美术馆举行。

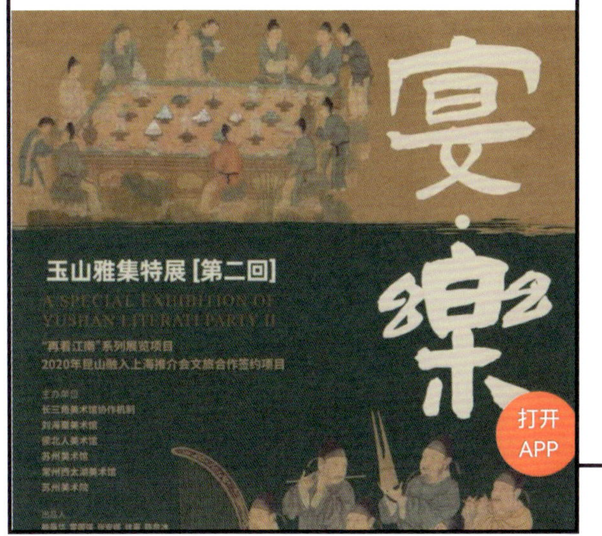

“当代玉山雅集续集，回溯文人宴乐风雅

掌上艺术 ONLINE ART 2023-09-14 22:16

玉山雅集是元代后期在苏州玉山一带举行的一系列文人聚会，在中国文化史、文学史上有着里程碑史的意义。玉山雅集的参与者以真率为本，通过吟诗作画、饮食游乐等活动，展现了他们的群体性的文化追求。这种追求以雅为核心，体现了清逸、清幽、恬淡、无烟火气的审美特性。玉山雅集不仅在当时引领了一种文化风尚，也对后世及当代文化活动有着深远的影响。

顾瑛

为了再现玉山雅集的文化内涵，长三角美术馆协作机制、刘海粟美术馆、侯北人美术馆、苏州美术馆、常州西太湖美术馆以及苏州美术院联合主办了“宴·乐——玉山雅集特展（第二回）”，于8月26日在上海刘海粟美术馆开幕。此次展览分为“宴”和“乐”两个部分，特别结合元四家之一倪瓒撰写的《云林堂饮食制度集》以及《玉山雅集诗集》，展出现当代艺术家创作的相关作品90余件。这些作品通过艺术家们的艺术视角和个性创作，呈现出依山傍水、吟诗作画的雅集背后所蕴含的文化传统。

展览将于9月17日结束，在上海展出之后，还将赴常州西太湖美术馆及苏州美术馆进行巡展。

顾瑛与“玉山雅集”

元代后期，昆山巴城出现了一场空前绝后的文化盛事，那就是“玉山雅集”。这是元代最盛大、最持久、最多产的诗文雅集，与东晋的“兰亭雅集”、北宋的“西园雅集”齐名，为历代文人所称道。玉山雅集共有一百四十多位文化名流参与，其中包括倪瓒等元代文坛巨擘。他们在山水之中举行宴会，以诗词歌赋为交流，创作了许多艺术佳品。吴门画派也在雅集中得到了传承和发展。

元代黄公望《九珠峰翠图》
台北故宫博物院藏

玉山雅集的发起人是顾瑛，他是梁代画家顾野王的第二十五代孙，也是中国艺术史上重要的书画藏家。他与元末黄公望、王蒙、赵雍、马琬、杨维桢等文人画家有着密切的交往。他利用自己作为“东吴富家”的财富，在家乡建造了二十四处景观的园林，并在那里举办了长达三十三年、共一百八十二次的雅集活动。参加雅集的人员涵盖了元代后期的各界名士。有本地的文人，也有南北方的客居者；有蒙古人、色目人，也有佛教徒、道教徒；有诗人，也有书画家和戏曲家，总计二百二十二人。

当代玉山雅集续集，回溯文人宴乐风雅

原创　肖子芹　掌上艺术ONLINE ART　2023-09-14 22:16　发表于北京

收录于合集

#展览现场

玉山雅集是元代后期在苏州玉山一带举行的一系列文人聚会，在中国文化史、文学史上有着里程碑史的意义。玉山雅集的参与者以真率为本，通过吟诗作画、饮食游乐等活动，展现了他们的群体性的文化追求。这种追求以雅为核心，体现了清逸、清幽、恬淡、无烟火气的审美特性。玉山雅集不仅在当时引领了一种文化风尚，也对后世及当代文化活动有着深远的影响。

顾瑛虽然不是一位画家，但他却收藏了从六朝到元代的近百件书画名作，这在中国书画收藏史上是非常重要的。其中包括元代赵孟頫《临李公麟人马图卷》（美国佛利尔美术馆藏）、元代黄公望《九珠峰翠图》（台北故宫博物院藏）、元代倪瓒《梧竹秀石图》（台北故宫博物院藏）等等。

再续江南风雅

玉山雅集是江南文化的一颗明珠，它记录了明代玉山诸贤的文人风采，展现了他们在书画、文献、诗文和典籍方面的卓越成就。此次“宴·乐——玉山雅集特展（第二回）”以宴与乐为主题，从各美术馆的馆藏中精选出与雅集相关的艺术作品，艺术家们用笔墨描绘出各种花卉、果蔬、美食、音乐等宴乐场景，充满了诗意和情趣。这是对玉山雅集的宴乐部分进行延展性的艺术呈现与思考。

刘海粟美术馆馆长鲍薇华表示，江南文化厚植于中华优秀传统文化的丰沃土壤，在上海城市发展变迁的历史进程中扮演了重要角色。追根溯源，“玉山雅集”无形中也成为了江南文化形成和发展过程中的重要缩影和见证，有其独特的历史地位和文化影响。“守护与发展这一厚植中国优秀传统文化的人文资源，正是我们宣传和推广江南文化的核心理念，也是我们持续策划推出‘玉山雅集’这一江南文化品牌系列展览的初心所在。”

当代的玉山雅集特展，是对诗性江南文化的一次梳理与呈现。

“宴·乐——玉山雅集特展（第二回）”开幕

新浪网 › 艺闻天下

艺闻天下 08-29 23:30

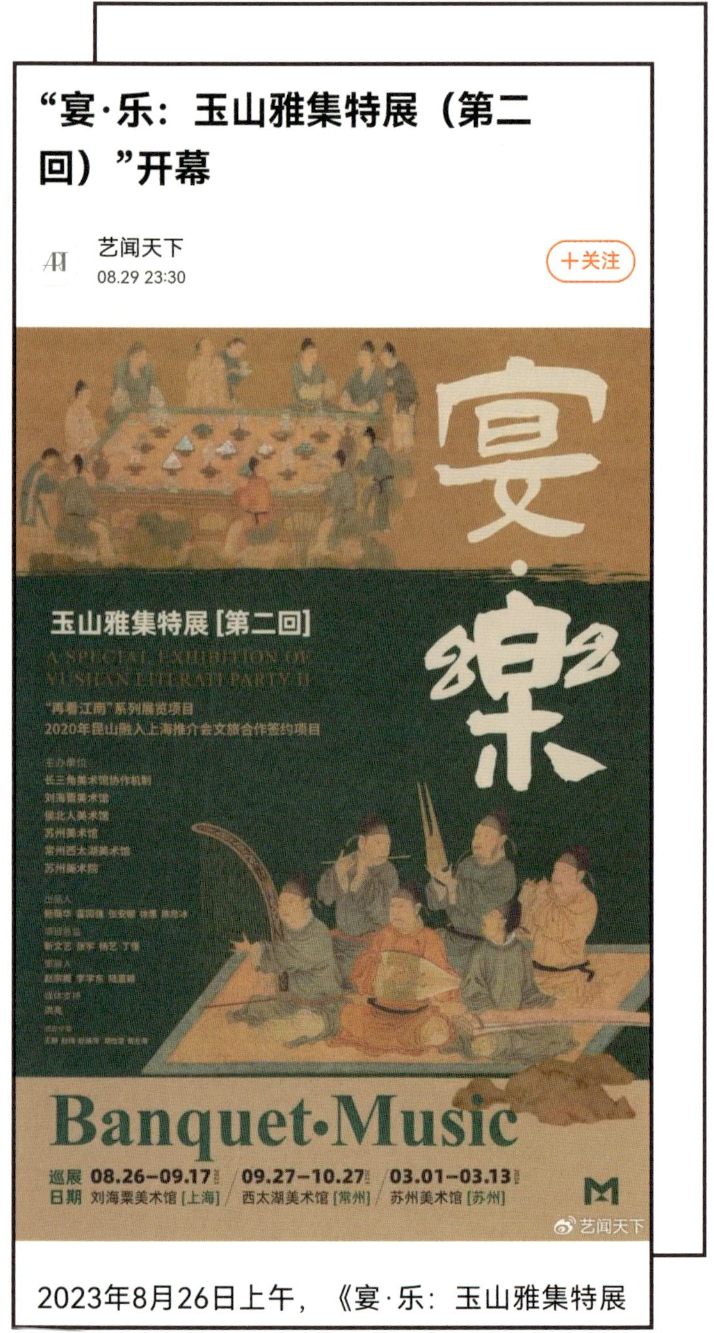

“宴·乐：玉山雅集特展（第二回）”开幕

艺闻天下
08.29 23:30

+关注

2023年8月26日上午，《宴·乐：玉山雅集特展

东方财经

上海“玉山雅集”特展再刘海粟美术馆开幕

东方卫视 东方财经

以当代视角再现江南文化之美——“玉山雅集”特展第二回在沪展出

赵墨 中国美术报 2023-08-30 19:06

发表于北京

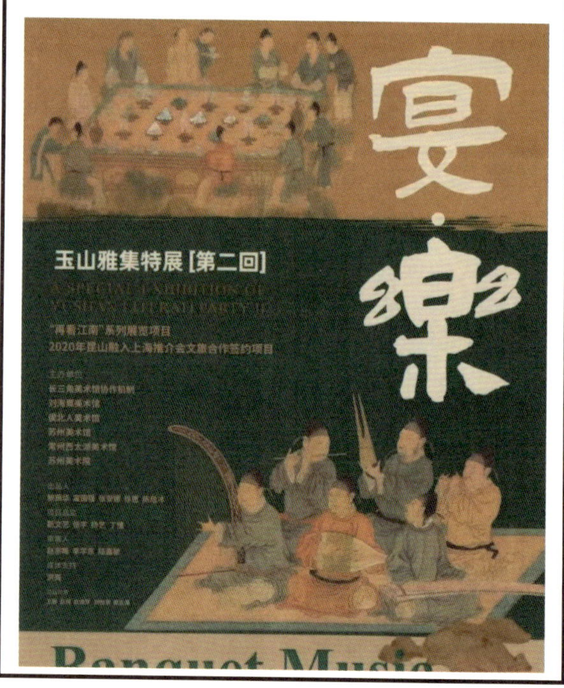

“宴·乐”是中国传统文化中非常重要的两个方面，“宴”讲的是以吃为代表的物质生活层面；“乐”指的不单是音乐，更是文化上的追求。此次展览通过“宴乐”，来探讨古人的生活方式及其形成的原因。展览分为“宴”和“乐”两个部分，结合元四家之一倪瓒撰写的《云林堂饮食制度集》以及《玉山雅集诗集》。在“宴”和“乐”的主题下，主办方美术馆拿出自己的馆藏精品，与现当代艺术家创作的90余件相关题材作品同时展出。艺术家笔下的花卉、果蔬、美食、音乐，充满生活情趣的笔墨作品在展厅内相映成趣，以现当代艺术视角再现了700年前“玉山雅集”的文化价值，及雅集背后所蕴含的天人合一的文化传统其独特的历史地位和对江南文化的深远影响。

刘海粟美术馆作为长三角美术馆协作机制理事单位，多年来积极推进与成员单位的馆际合作，共同分享区域内艺术发展成果。鲍薇华表示：“‘玉山雅集’无形中成为江南文化形成和发展过程中的重要缩影和见证，守护与发展这一厚植中华优秀传统文化的人文资源，是我们持续策划推出‘玉山雅集’这一江南文化品牌系列展览的初衷。”此次展览多家美术馆拿出馆藏精品，让它们在上海汇聚，共同向观众阐释江南文化的主题。徐惠坦言，许多国宝级的馆藏要走出美术馆并不容易，背后有着复杂的借展流程，能够成功互通有无、取长补短，也得益于长三角美术馆协作机制。有了协作机制和政府力量的推动，文化上的交流会更上一层楼。据悉，本次展期将持续至9月17日。之后还将分别赴常州西太湖美术馆及苏州美术馆进行巡展。

“宴·乐——玉山雅集特展（第二回）”开幕式于 8 月 26 日在刘海粟美术馆举行

来源：99 艺术网专稿 2023-08-28

由长三角美术馆协作机制、刘海粟美术馆、侯北人美术馆、苏州美术馆、常州西太湖美术馆以及苏州美术院共同主办的“宴·乐——玉山雅集特展（第二回）”开幕式 8 月 26 日上午 10:30 在刘海粟美术馆一楼序厅举行。

“宴·乐：玉山雅集特展（第二回）”开幕式于8月26日在刘海粟美术馆举行

来源：99艺术网专稿　2023-08-28

开幕式由侯北人美术馆名誉馆长、长三角美术馆协作机制秘书长赵宗概主持。江苏省文联副主席、江苏省美协副主席、江苏省美术馆名誉馆长徐惠泉；苏州市公共文化中心主任、苏州美术馆馆长徐惠；苏州市公共文化中心综合部部长周勤明、管理部部长高翔；苏州新天祥美术馆馆长陈军；常州刘海粟夏伊乔艺术馆馆长张安娜，展览部主任章柳燕，研究部主任刘焕焕，视觉设计师余恺；昆山市文联副主席、侯北人美术馆馆长霍国强；昆山书画院院长居永良；侯北人美术馆副馆长丁懂、朱文林；昆山市美术家协会顾问刘建华，副主席刘燕飞、张惠新；昆山市爱心学校副校长王敏华；昆山市阳澄湖名人文化村玉山胜境有限公司副总经理祁学明；上海市美术馆协会会长朱刚；上海市书法家协会副主席宣家鑫；刘海粟美术馆艺委会名誉主任、刘海粟先生之女刘蟾；刘海粟美术馆党支部书记、馆长鲍薇华；刘海粟美术馆艺委会专家沈虎；著名美术理论家舒士俊；普陀文旅发展管理中心主任张谦以及参展艺术家等嘉宾参加了开幕式。

本次展览展出了现当代艺术家创作的相关作品 90 余件，展期至 9 月 17 日。该展览之后将分别赴常州西太湖美术馆及苏州美术馆进行巡展。

宴·乐——玉山雅集特展（第二回）

在艺资讯 2021-11-19

由长三角美术馆协作机制、刘海粟美术馆、侯北人美术馆、苏州美术馆、常州西太湖美术馆以及苏州美术院共同主办的“宴·乐——玉山雅集特展（第二回）”开幕式于 8 月 26 日上午 10:30 在刘海粟美术馆一楼序厅举行。

开幕式由侯北人美术馆名誉馆长、长三角美术馆协作机制秘书长赵宗概主持。江苏省文联副主席、江苏省美协副主席、江苏省美术馆名誉馆长徐惠泉；苏州市公共文化中心主任、苏州美术馆馆长徐惠；苏州市公共文化中心综合部部长周勤明、管理部部长高翔；苏州新天祥美术馆馆长陈军；常州刘海粟夏伊乔艺术馆馆长张安娜，展览部主任章柳燕，研究部主任刘焕焕，视觉设计师余恺；昆山市文联副主席、侯北人美术馆馆长霍国强；昆山书画院院长居永良；侯北人美术馆副馆长丁慬、朱文林；昆山市美术家协会顾问刘建华，副主席刘燕飞、张惠新；昆山市爱心学校副校长王敏华；昆山市阳澄湖名人文化村玉山胜境有限公司副总经理祁学明；上海市美术馆协会会长朱刚；上海市书法家协会副主席宣家鑫；刘海粟美术馆艺委会名誉主任、刘海粟先生之女刘蟾；刘海粟美术馆党支部书记、馆长鲍薇华；刘海粟美术馆艺委会专家沈虎；著名美术理论家舒士俊；普陀文旅发展管理中心主任张谦以及参展艺术家等嘉宾参加了开幕式。

今年是长三角一体化发展上升为国家战略 5 周年，刘海粟美术馆作为长三角美术馆协作机制理事单位，多年来积极推进与成员单位的馆际合作，共同分享区域内艺术发展成果。今年以“再看江南”——长三角文化推广展览系列项目的形式使合作的指向更加明确，江南文化是长三角地区的共有基因、精神纽带，也是上海着力打造的三大文化品牌之一，江南文化所具有的开放包容、敢为人先，崇文重教、精益求精，尚德务实、义利并举的特点，造就了丰厚的江南文明。

继 2021 年刘海粟美术馆与侯北人美术馆、苏州美术馆和苏州美术院合作展出“文采风流——玉山雅集特展”，今年再度推出“宴·乐——玉山雅集特展（第二回）”，在对“玉山雅集”相关的人物、书画、文献、诗文和典籍的介绍的基础上，继续对雅集的宴乐部分进行延展性的艺术呈现，以进一步阐述“玉山雅集”的文化价值及其对江南文化形成和发展的贡献。

元末诞生于昆山巴城的“玉山雅集”，是元代历史上规模最大、历时最久、创作最多的诗文雅集，是空前持续的文化盛会，和东晋的“兰亭雅集”、北宋的“西园雅集”成为驰名全国的三大雅集，引为历代文坛佳话。“玉山雅集”当时成为身处动荡社会中志趣相投的文人雅士躲避祸乱的世外桃源，文人雅士们以山水之间的宴饮为乐，以诗词歌赋为媒介，留下了大量的珍贵艺术佳作。

由长三角美术馆协作机制、刘海粟美术馆、侯北人美术馆、苏州美术馆、常州西太湖美术馆以及苏州美术院共同主办的“宴·乐：玉山雅集特展（第二回）”开幕式于8月26日上午10:30在刘海粟美术馆一楼序厅举行。

本次展览分为宴和乐两个部分，特别结合元四家之一倪瓒撰写的《云林堂饮食制度集》以及《玉山雅集诗集》，展出现当代艺术家创作的相关作品90余件，以期再现玉山雅集所蕴含的文化内涵，通过艺术家们的艺术视角和个性创作，将昔日雅集的氛围和雅士们的情感在美术馆的场域里与观众进行联结，呈现出依山傍水、吟诗作画的雅集背后所蕴含的天人合一的文化传统。

本次展览由长三角美术馆协作机制、刘海粟美术馆、侯北人美术馆、苏州美术馆、常州西太湖美术馆以及苏州美术院共同主办，展览在上海展出之后还将赴常州西太湖美术馆及苏州美术馆进行巡展。

作为上海三大文化品牌之一的江南文化，厚植于中华优秀传统文化的丰沃土壤，并在上海城市发展变迁的历史进程中扮演了重要角色。追根溯源，“玉山雅集”无形中也成为了江南文化形成和发展过程中的重要缩影和见证，有其独特的历史地位和文化影响。守护与发展这一厚植中国优秀传统文化的人文资源，正是我们宣传和推广江南文化的核心理念，也是我们持续策划推出“玉山雅集”这一江南文化品牌系列展览的初心所在。

“宴·乐——玉山雅集特展”在刘海粟美术馆开展

上海热线 2023-08-28 13:59:38

上海热线 | 娱乐

"宴·乐:玉山雅集特展"在刘海粟美术馆开展

上海热线 2023-08-28 13:59:38

上海热线讯：8月26日，由长三角美术馆协作机制、刘海粟美术馆、侯北人美术馆、苏州美术馆、常州西太湖美术馆以及苏州美术院共同主办的“宴·乐：玉山雅集特展（第二回）”在刘海粟美术馆一楼序厅开展，展出了现当代艺术家创作的相关作品90余件。

据介绍，持续了近二十年的玉山雅

上海热线讯：8 月 26 日，由长三角美术馆协作机制、刘海粟美术馆、侯北人美术馆、苏州美术馆、常州西太湖美术馆以及苏州美术院共同主办的“宴·乐——玉山雅集特展（第二回）”在刘海粟美术馆一楼序厅开展，展出了现当代艺术家创作的相关作品 90 余件。

据介绍，持续了近二十年的玉山雅集，以讲究的场地布置，精致的陈设器皿，美味的佳肴，歌舞佐酒，吟诗作画，享受不疾不徐的闲适风采，吸引了文豪名士的与会，他们留下的诗篇，历时间的沉淀，成为雅集独特的品味。

有学者统计，玉山雅集前后约有 140 余位文化人参加，诗人、古文家、学者、书画家众角齐备，而像诗人杨维桢、画家倪云林等都是一代文化巨子，其规模之宏大、内容之丰富，实为空前，以至于“四方之能为文辞者，凡过苏必之焉”。他们或饮酒赋诗，或品鉴古玩，或挥毫泼墨，或清谈名理，或寄情山水，或观赏歌舞，无不兴尽而罢，可谓极世俗人生之乐事。尤其是元代书画领域最具代表性的人物参与活动，吴门画派通过雅集得到了继承与发展。

据悉，本次展览将在刘海粟美术馆 1-2 号展厅展出至 2023 年 9 月 17 日，免费对公众开放。

Home / Events

Yushan Gathering inspires exhibition at Liu Haisu Art Museum

Wang Jie 王杰 2023-08-29 15:17:36

In ancient China, it was a tradition for scholars and literati to attend gatherings in private gardens where they wrote and recited poems, discussed academic issues, and created paintings.

The Yushan Gathering in Bacheng Town of Kunshan, Jiangsu Province, was the biggest cultural gathering during the Yuan Dynasty (1271-1368), held more than 100 times over about 13 years.

"Special Exhibition of Yushan Gathering (second round)," organized by the Liu Haisu Art Museum and Kunshan Hou Beiren Art Museum, is showing at the Liu Haisu Art Museum in Shanghai through September 17.

The exhibition is divided into two parts: banquets and music.

Inspired by the "Collection of Dietary Systems of Yunlin Hall" written by Ni Zan (1306-1374) and the "Collection of Poems of the Yushan Gatherings," the exhibition features 90 related works created by contemporary artists. They elaborate on the cultural value and contribution of the Yushan Gathering in the formation and development of culture in Jiangnan (region in south of the lower reaches of the Yangtze River).

It is estimated that about 140 cultural figures participated in the Yushan Gathering, including poets, writers, scholars, calligraphers,

and painters, such as Ni Zan and other cultural giants of the time. The literati took pleasure in feasting among the mountains and waters, and left a large number of artistic masterpieces through the mediums of poems and songs.

In addition to figures, paintings, calligraphy, poems, and ancient books related to the Yushan Gathering, the exhibition extends the artistic presentation of banquets and music.

Under the themes, each art museum selected works from its own collection related to flowers, fruit and vegetables, delicious cuisine, and music, giving a flavor of ordinary to the exhibition hall.

宴·乐——玉山雅集特展（第二回）

2023-08-28 09:15 发表于上海

由长三角美术馆协作机制、刘海粟美术馆、侯北人美术馆、苏州美术馆、常州西太湖美术馆以及苏州美术院共同主办的“宴·乐——玉山雅集特展（第二回）”在刘海粟美术馆一楼序厅展出。

元末诞生于昆山巴城的“玉山雅集”，是元代历史上规模最大、历时最久、创作最多的诗文雅集，是空前持续的文化盛会，和东晋的“兰亭雅集”、北宋的“西园雅集”成为驰名全国的三大雅集，引为历代文坛佳话。

展览分为宴和乐两个部分，特别结合元四家之一倪瓒撰写的《云林堂饮食制度集》以及《玉山雅集诗集》，展出现当代艺术家创作的相关作品 90 余件。

展览以期再现玉山雅集所蕴含的文化内涵，通过艺术家们的艺术视角和个性创作，将昔日雅集的氛围和雅士们的情感在美术馆的场域里与观众进行联结，呈现出依山傍水、吟诗作画的雅集背后所蕴含的天人合一的文化传统。

斗诗作画品鉴，这个 700 年前的文人雅集复活了

2023-08-26 文体

青年报·青春上海记者 郦亮 / 文、图 / 编辑：梁文静 / 来源：青春上海 News—24 小时青年报

斗诗作画品鉴，这个700年前的文人雅集
复活了

2023-08-26 A+ 文

青年报·青春上海记者 郦亮/文、图

文人雅集是古代人的一种社交，江南地区有名的就是元末明初的“玉山雅集”。现在这个700年前的雅集，终于在长三角美术馆写作机制之下得以重新出现。“宴·乐：玉山雅集特展（第二回）》今天在刘海粟美术馆揭幕。江南的文人们以展览形成迎来了一次聚会和交流。

文人的雅集活动始终伴随着文人、书画诗词而存在。古代的著名雅集很多，“玉山雅集”和东晋的“兰亭雅集”、北宋的“西园雅集”成为驰名全国的三大雅集。召集者是吴中巨富顾瑛。据史料记载，在

文人雅集是古代人的一种社交，江南地区有名的就是元末明初的“玉山雅集”。现在这个700年前的雅集，终于在长三角美术馆写作机制之下得以重新出现。“宴·乐——玉山雅集特展（第二回）”今天在刘海粟美术馆揭幕。江南的文人们以展览形式迎来了一次聚会和交流。

文人的雅集活动始终伴随着文人、书画诗词而存在。古代的著名雅集很多，“玉山雅集”和东晋的“兰亭雅集”、北宋的“西园雅集”成为驰名全国的三大雅集。召集者是吴中巨富顾瑛。据史料记载，在数年之间，顾瑛依仗其雄厚财力，广邀天下名士，举行雅集百余次。文人们汇聚一处，或饮酒赋诗，或品鉴古玩，或挥毫泼墨，或清谈名理，或寄情山水。雅集也诞生很多传世名作。

玉山雅集虽然持续时间不长，但在中国古代文化史上却占有重要地位。今年是长三角一体化发展上升为国家战略 5 周年，长三角美术馆协作机制也不断完善发展。玉山雅集传播的是江南文化，而直到如今，江南文化也依然是长三角地区的共有基因、精神纽带，同时也是上海着力打造的三大文化品牌之一。正是基于这样的考虑，长三角地区一众美术馆决定恢复玉山雅集，以此加强长三角各地艺术家们的联系和交流，推动新时代江南文化的进一步丰富。

刘海粟美术馆馆长鲍薇华告诉记者，前年刘海粟美术馆就曾与侯北人美术馆、苏州美术馆和苏州美术院合作展出“文采风流——玉山雅集特展”，今年再度推出“宴·乐 —玉山雅集特展（第二回）”，在对“玉山雅集”

相关的人物、书画、文献、诗文和典籍介绍的基础上，继续对雅集的宴乐部分进行延展性的艺术呈现。参与的美术馆也进一步扩容，常州的西太湖美术馆首次加入进来。

本次展览分为宴和乐两个部分，特别结合元四家之一倪瓒撰写的《云林堂饮食制度集》以及《玉山雅集诗集》，展出现当代艺术家创作的相关作品90余件，以期再现玉山雅集所蕴含的文化内涵，通过艺术家们的艺术视角和个性创作，将昔日雅集的氛围和雅士们的情感在美术馆的场域里与观众进行联结，呈现出依山傍水、吟诗作画的雅集背后所蕴含的天人合一的文化传统。

刘海粟美术馆“玉山雅集”特展又上新了

魔都 2023-08-26 21:07:56

来源：话匣子 / 作者：上海电台记者吴泽宇 / 编辑：潘越文 / 责任编辑：李书娥

刘海粟美术馆“玉山雅集”特展又上新了

魔都 2023-08-26 21:07:56

《宴·乐：玉山雅集特展（第二回）》从今天起（26日）至9月17日在刘海粟美术馆举行，这是继2021年刘海粟美术馆与侯北人美术馆、苏州美术馆和苏州美术院合作展出《文采风流——玉山雅集特展》后的续篇。展览分为宴和乐两个部分，特别结合元四家之一倪瓒撰写的《云林堂饮食制度集》以及《玉山雅集诗集》，展出现当代艺术家创作的相关作品90余件，进一步阐述“玉山雅集”的文化价值及其对江南文化形成和发展的贡献。

元末诞生于昆山巴城的“玉山雅集”，是元代历史上规模最大、历时最久、创作最多的诗文雅集，它和东晋的“兰亭雅集”、北宋的“西园雅集”并称为三大雅集，被历代文坛引为佳话。据学者统计，玉山雅集前后约有一百四十多位文化人参

“宴·乐——玉山雅集特展（第二回）”从今天起（26日）至9月17日在刘海粟美术馆举行，这是继2021年刘海粟美术馆与侯北人美术馆、苏州美术馆和苏州美术院合作展出“文采风流——玉山雅集特展”后的续篇。展览分为宴和乐两个部分，特别结合元四家之一倪瓒撰写的《云林堂饮食制度集》以及《玉山雅集诗集》，展出现当代艺术家创作的相关作品90余件，进一步阐述“玉山雅集”的文化价值及其对江南文化形成和发展的贡献。

元末诞生于昆山巴城的“玉山雅集”，是元代历史上规模最大、历时最久、创作最多的诗文雅集，它和东晋的“兰亭雅集”、北宋的“西园雅集”并称为三大雅集，被历代文坛引为佳话。据学者统计，玉山雅集前后约有一百四十多位文化人参加，诗人、古文家、学者、书画家众角齐备，其中不乏倪瓒等一代文化巨子。文人雅士们以山水之间的宴饮为乐，以诗词歌赋为媒介，留下了大量艺术佳作，吴门画派也通过雅集得到了继承与发展。

“宴·乐——玉山雅集特展（第二回）”在对“玉山雅集”相关的人物、书画、文献、诗文和典籍的介绍的基础上，继续对雅集的宴乐部分进行延展性的艺术呈现。在宴与乐的主题下，各美术馆拿出自己的馆藏精品，艺术家们笔下的花卉、果蔬、美食、音乐，充满生活情趣的笔墨作品在展厅内相映成趣。

刘海粟美术馆馆长鲍薇华介绍，今年是长三角一体化发展上升为国家战略5周年，刘海粟美术馆作为长三角美术馆协作机制理事单位，多年来积极推进与成员单位的馆际合作，共同分享区域内艺术发展成果。“追根溯源，‘玉山雅集’无形中也成了江南文化形成和发展过程中的重要文化缩影和见证，有其独特的历史地位和文化影响。守护与发展这一厚植中国优秀传统文化的人文资源，正是我们宣传和推广江南文化的核心理念，也是我们持续策划推出‘玉山雅集’这一江南文化品牌系列展览的初心所在。”

上海刘海粟美术馆看“宴·乐”展

潮新闻 通讯员 洪亮 全网传播量 1173

2023-08-28 17:44

8 月 26 日至 9 月 17 日，由长三角美术馆协作机制、刘海粟美术馆、侯北人美术馆、苏州美术馆、常州西太湖美术馆以及苏州美术院共同主办的“宴·乐——玉山雅集特展（第二回）”在上海刘海粟美术馆举行。这是继 2021 年刘海粟美术馆与侯北人美术馆、苏州美术馆和苏州美术院合作展出“文采风流——玉山雅集特展”后的续篇。

开幕式由侯北人美术馆名誉馆长、长三角美术馆协作机制秘书长赵宗概主持。江苏省文联副主席、江苏省美协副主席、江苏省美术馆名誉馆长徐惠泉；苏州市公共文化中心主任、苏州美术馆馆长徐惠；苏州市公共文化中心综合部部长周勤明、管理部部长高翔；苏州新天祥美术馆馆长陈军；常州刘海粟夏伊乔艺术馆馆长张安娜，展览部主任章柳燕，研究部主任刘焕焕，视觉设计师余恺；昆山市文联副主席、侯北人美术馆馆长霍国强；昆山书画院院长居永良；侯北人美术馆副馆长丁慬、朱文林；昆山市美术家协会顾问刘建华，副主席刘燕飞、张惠新；昆山市爱心学校副校长王敏华；昆山市阳澄湖名人文化村玉山胜境有限公司副总经理祁学明；上海市美术馆协会会长朱刚；上海市书法家协会副主席宣家鑫；刘海粟美术馆艺委会名誉主任、刘海粟先生之女刘蟾；刘海粟美术馆党支部书记、馆长鲍薇华；刘海粟美术馆艺委会专家沈虎；著名美术理论家舒士俊；普陀文旅发展管理中心主任张谦以及参展艺术家等嘉宾参加了开幕式。

展览分为宴和乐两个部分，特别结合元四家之一倪瓒撰写的《云林堂饮食制度集》以及《玉山雅集诗集》，展出现当代艺术家创作的相关作品 90 余件，进一步阐述“玉山雅集”的文化价值及其对江南文化形成和发展的贡献。

元末诞生于昆山巴城的“玉山雅集”，是元代历史上规模最大、历时最久、创作最多的诗文雅集，它和东晋的“兰亭雅集”、北宋的“西园雅集”并称为三大雅集，被历代文坛引为佳话。

据学者统计，玉山雅集前后约有 140 余位文化人参加，诗人、古文家、学者、书画家众角齐备，其中不乏倪瓒等一代文化巨子。文人雅士们以山水之间的宴饮为乐，以诗词歌赋为媒介，留下了大量艺术佳作。吴门画派也通过雅集得到了继承与发展。

江南文化是长三角地区的共有基因、精神纽带，也是上海着力打造的三大文化品牌之一。此次展览在对“玉山雅集”相关的人物、书画、文献、诗文和

潮新闻
—潮闻天下—
下载APP

上海刘海粟美术馆看“宴·乐”展

潮新闻 通讯员 洪亮 全网传播量1169
2023-08-28 17:44

典籍的介绍的基础上，继续对雅集的宴乐部分进行延展性的艺术呈现。在宴与乐的主题下，各美术馆拿出自己的馆藏精品，艺术家们笔下的花卉、果蔬、美食、音乐，充满生活情趣的笔墨作品在展厅内相映成趣。

苏州市公共文化中心主任、苏州美术馆馆长徐惠介绍，此次苏州美术馆拿出了不少馆藏精品，比如中国水彩画名家杭鸣时的《家常》等都是难得一见的佳作。也有具有代表性的苏州当代艺术家作品，比如一组《二十四节气团扇小品》就颇具玲珑雅致的江南文化趣味。

据刘海粟美术馆馆长鲍薇华介绍，今年是长三角一体化发展上升为国家战略 5 周年，刘海粟美术馆作为长三角美术馆协作机制理事单位，多年来积极推进与成员单位的馆际合作，共同分享区域内艺术发展成果。江南文化厚植于中华优秀传统文化的丰沃土壤，并在上海城市发展变迁中扮演了重要角色。而追根溯源，“玉山雅集”无形中也成为了江南文化形成和发展过程中的重要缩影和见证，这也是我们持续策划推出“玉山雅集”系列展览的初心所在。

江苏省文联副主席、江苏省美协副主席徐惠泉表示，本次展览从“宴·乐”入手，探讨了玉山雅集这样一个文化事件以及影响力。“宴·乐”是中国传统文化中非常重要的两个方面，“宴”讲的是以吃为代表的物质生活层面；“乐”不光是音乐，更是文化上的追求。通过“宴·乐”，我们来探讨古人的生活方式及其形成的原因。

在本次展览的研讨会上，与会嘉宾也谈到了玉山雅集对江南文化的影响。玉山雅集在昆山持续时间近 20 年，吸引了各地 140 余位诗人、古文家、学者、书画家参与其中，包括著名诗人杨维桢、画家倪云林等文化巨子。他们或饮酒赋诗，或品鉴古玩，或挥毫泼墨，或清谈名理，或寄情山水，或观赏歌舞，无不兴尽而罢。尤其元代书画领域最具代表性的人物参与活动，让吴门画派通过雅集得到了继承与发展。本次展览展出现当代艺术家创作的相关作品 90 余件，上海展览结束后，将赴常州西太湖美术馆和苏州美术馆进行巡展。

据悉，展览在上海展出之后，还将赴常州西太湖美术馆及苏州美术馆进行巡展。

潘真瞭望 No.282|“宴·乐——玉山雅集特展（第二回）》再现元末著名雅集文化内涵

海派文化 2023-08-28 13:00 发表于上海

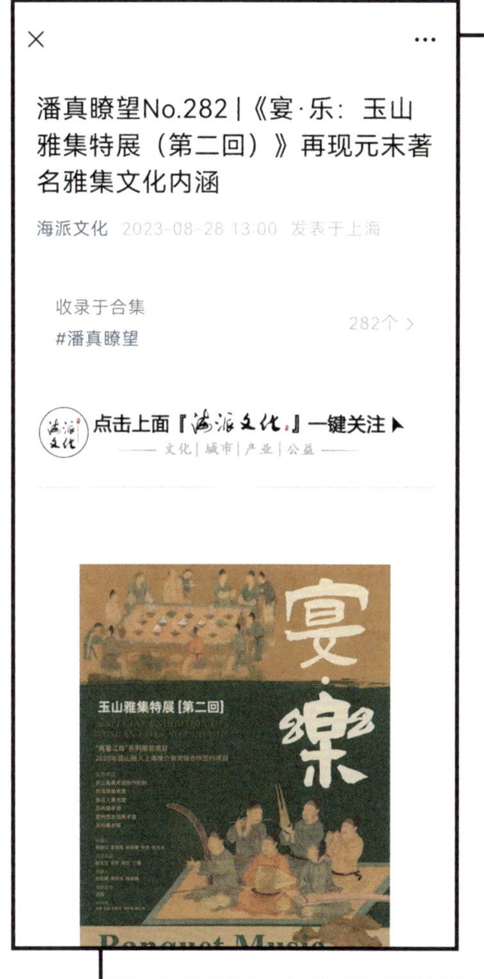

今年是长三角一体化发展上升为国家战略5周年，刘海粟美术馆作为长三角美术馆协作机制理事单位，多年来积极推进与成员单位的馆际合作，共同分享区域内艺术发展成果。今年以“再看江南”——长三角文化推广展览系列项目的形式使合作的指向更加明确，江南文化是长三角地区的共有基因、精神纽带，也是上海着力打造的三大文化品牌之一，江南文化所具有的开放包容、敢为人先，崇文重教、精益求精，尚德务实、义利并举的特点，造就了丰厚的江南文明。

继2021年刘海粟美术馆与侯北人美术馆、苏州美术馆和苏州美术院合作展出“文采风流——玉山雅集特展”，今年再度推出“宴·乐——玉山雅集特展（第二回）”，在对“玉山雅集”相关的人物、书画、文献、诗文和典籍的介绍的基础上，继续对雅集的宴乐部分进行延展性的艺术呈现，以进一步阐述“玉山雅集”的文化价值及其对江南文化形成和发展的贡献。

元末诞生于昆山巴城的“玉山雅集”，是元代历史上规模最大、历时最久、创作最多的诗文雅集，是空前持续的文化盛会，和东晋的“兰亭雅集”、北宋的“西园雅集”成为驰名全国的三大雅集，引为历代文坛佳话。

“玉山雅集”当时成为身处动荡社会中志趣相投的文人雅士躲避祸乱的世外桃源，文人雅士们以山水之间的宴饮为乐，以诗词歌赋为媒介，留下了大量的珍贵艺术佳作。

此次展览分为宴、乐两个部分，特别结合元四家之一倪瓒撰写的《云林堂饮食制度集》以及《玉山雅集诗集》，展出现当代艺术家创作的相关作品90余件，以期再现玉山雅集所蕴含的文化内涵，通过艺术家们的艺术视角和个性创作，将昔日雅集的氛围和雅士们的情感在美术馆的场域里与观众进行联结，呈现出依山傍水、吟诗作画的雅集背后所蕴含的天人合一的文化传统。

展览由长三角美术馆协作机制、刘海粟美术馆、侯北人美术馆、苏州美术馆、常州西太湖美术馆以及苏州美术院共同主办，在上海展出之后还将赴常州西太湖美术馆及苏州美术馆进行巡展。

“宴·乐——玉山雅集特展（II）”26日亮相西太湖美术馆

常州日报

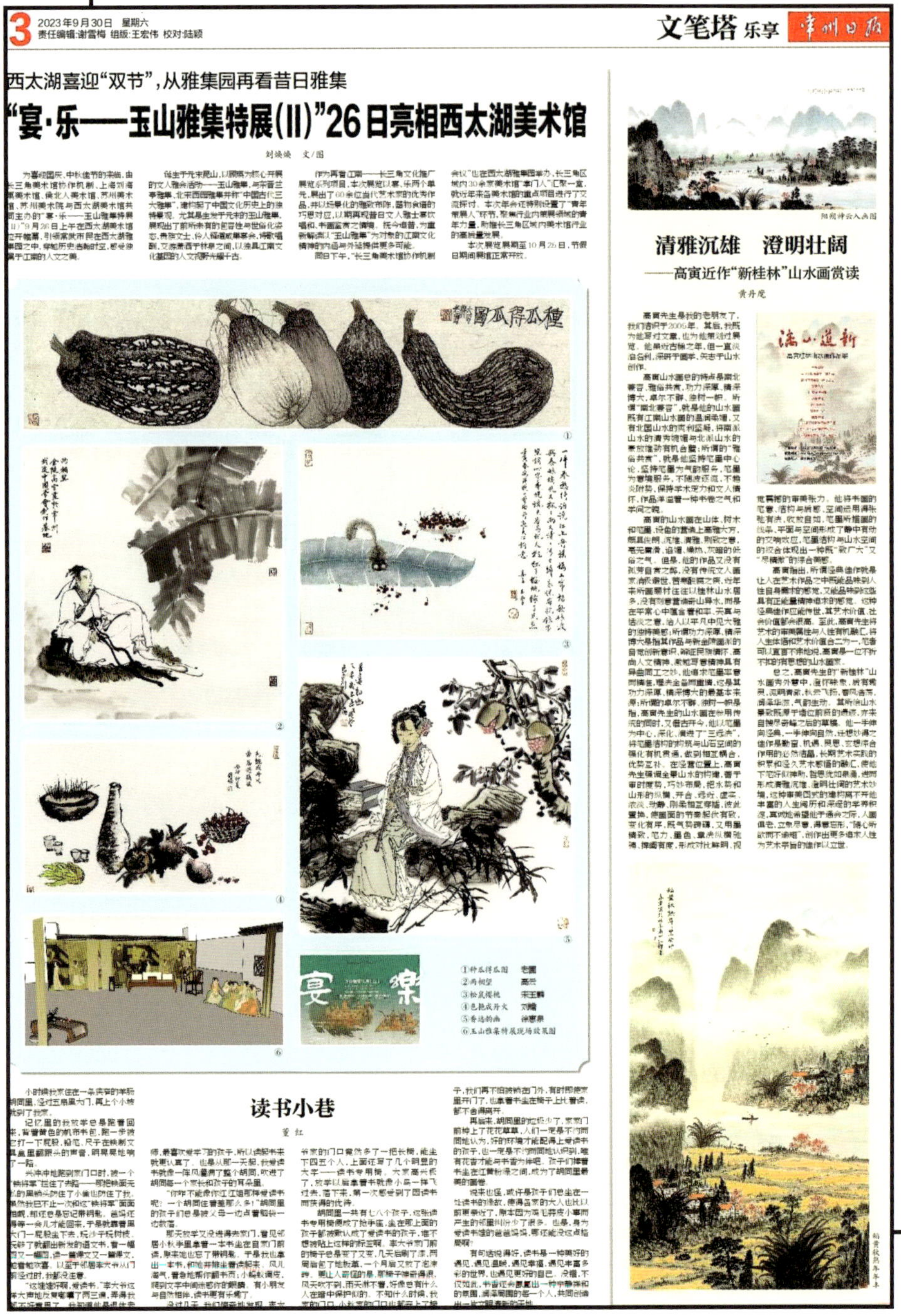

3 2023年9月30日 星期六

文笔塔 乐享 常州日报

西太湖喜迎“双节”，从雅集园再看昔日雅集

“宴·乐——玉山雅集特展(II)”26日亮相西太湖美术馆

清雅沉雄 澄明壮阔

——高寅近作“新桂林”山水画赏读

读书小巷

玉山雅集特展在西太湖美术馆开幕

吴中网

玉山雅集特展在西太湖美术馆开幕

2023-09-27 19:01:16　　浏览：　4408

再遇雅集 相约西太湖

武进电视台

双节假期，“宴·乐——玉山雅集特展”在西太湖美术馆拉开帷幕，下面让我们跟着镜头穿越历史浩瀚时空，感受独属于江南的人文之美。

诞生于元末昆山，以顾瑛为核心开展的文人雅会活动——玉山雅集，与东晋兰亭雅集、北宋西园雅集并称“中国古代三大雅集”，建构起了中国文化历史上的独特景观。玉山雅集展现出了前所未有的包容性与世俗化姿态，贵族文士、伶人释道咸集宴会，诗歌唱酬，交游潇洒于临泉之间，以独具江南文化基因的人文视野光耀千古。

苏州美术馆馆长 徐惠

再用雅集的形式，把最美好的江南文化当中。美食和音乐体现出来。

作为“再看江南”——长三角文化推广展览系列项目，本次展览以分宴、乐两个单元，展出了六十余位当代艺术家的优秀作品，并以场景化的雅致布陈，器物食谱的巧思对应，以期再现昔日文人雅士宴饮唱和、书画鉴赏之情境。

画家 刘赡

展览呢我觉得是要不断举办，把以前的那种文艺气息，把它传承下来。

艺术 | 宴 · 乐——“玉山雅集”特展在苏州美术馆开幕

2024 年 07 月 08 日 来源：《文旅中国》责编：赵骏逸

7 月 5 日，“宴·乐——玉山雅集特展（第二回）”在苏州美术馆拉开帷幕。本次展览作为“再看江南”长三角文化推广展览系列项目，由长三角美术馆协作机制、刘海粟美术馆、侯北人美术馆、苏州市公共文化中心（苏州美术馆）、常州西太湖美术馆和苏州美术院联合主办。展览以元末明初江南地区的“玉山雅集”为主题，遴选了现当代艺术家创作的 90 多件作品，对玉山雅集的“宴乐”部分进行了演绎与重塑。

元末诞生于昆山巴城的“玉山雅集”，由吴中巨富顾瑛（1310 年—1369 年）主持，是元代历史上规模最大、历时最久、创作最多的诗文雅集，是空前持续的文化盛会，和东晋的“兰亭雅集”、北宋的“西园雅集”成为驰名全国的三大雅集，引为历代文坛佳话。“玉山雅集”当时成为身处动荡社会中志趣相投的文人雅士躲避祸乱的世外桃源，文人雅士们以山水之间的宴饮为乐，以诗词歌赋为媒介，留下了大量的珍贵艺术佳作。

此次展览分为“宴”和“乐”两个部分，比较有趣的是，“宴”展区还展出了不少江南美食主题的作品，充分展现了江南地区“不时不食”的传统。而那些生活中寻常所见之物，俗物能登大雅之堂，让参观的观众感到特别亲近和欣喜。尤其是在炎炎夏日中，甚至让人感受到一种清凉之感。

中国移动 14:42 83%

艺术 | 宴 · 乐“玉山雅集”特展在苏

文旅中国 打开

艺术 | 宴 · 乐“玉山雅集”特展在苏州美术馆开幕

文旅中国 07-08 原创

7月5日，宴·乐“玉山雅集”特展（第二回）在苏州美术馆拉开帷幕。本次展览作为“再看江南”长三角文化推广展览系列项目，由刘海粟美术馆、侯北人美术馆、苏州市公共文化中心（苏州美术馆）、常州西太湖美术馆和苏州美术院联合主办。展览以元末明初江南地区的“玉山雅集”为主题，遴选了现当代艺术家创作的90多件作品，对玉山雅集的“宴乐”部分进行了演绎与重塑。

苏州市公共文化中心副主任、苏州美术馆副馆长杨艺介绍：“继 2021 年推出‘文采风流——玉山雅集特展’之后，今年夏天再度推出‘宴·乐——玉山雅集特展（第二回）’。相比第一回‘玉山雅集’的文献展，这次主要是对雅集的宴乐部分进行延展性的艺术呈现，拥有更多的烟火味和人情味。”

展览当天还举办了导赏活动，江苏省文联副主席、江苏省美协副主席徐惠泉表示，持续了近二十年的玉山雅集，以讲究的场地布置、精致的陈设器皿、美味的佳肴、动人的歌舞佐酒，吟诗作画，享受不疾不徐的闲适风采，吸引了文豪名士的与会。所以说，人文精神最早、积淀最深厚的中国文化，是在江南文化中才实现了它在逻辑上的最高环节，并在现实中获得了全面的发展。

今年是长三角一体化发展上升为国家战略的第六个年头，苏州美术馆作为长三角美术馆协作机制的成员单位多年来依托于江南文化的根基，着力从江南文化的内涵和灵魂处挖掘主题，寻求与当代文化契合点，此次展览是深化长三角地区文化交流过程中又一次的历史性回眸。

据悉，本次展览将持续至 8 月 4 日。

中国移动 14:43 83%

艺术 | 宴·乐“玉山雅集”特展在

文旅中国 打开

元末诞生于昆山巴城的“玉山雅集”，由吴中巨富顾瑛（1310年—1369年）主持，是元代历史上规模最大、历时最久、创作最多的诗文雅集，是空前持续的文化盛会，和东晋的“兰亭雅集”、北宋的“西园雅集”成为驰名全国的三大雅集，引为历代文坛佳话。“玉山雅集”当时成为身处动荡社会中志趣相投的文人雅士躲避祸乱的世外桃源，文人雅士们以山水之间的宴饮为乐，以诗词歌赋为媒介，留下了大量的珍贵艺术佳作。

市民参观展览

宴·乐——“玉山雅集”特展在苏州美术馆开幕

美術报

2024 年 07 月 08 日 21:42 来源：《中国美术报》 编辑：黄家馨

7 月 5 日，“宴·乐——玉山雅集特展（第二回）”在苏州美术馆拉开帷幕。该展属于“再看江南”长三角文化推广展览系列项目，由刘海粟美术馆、侯北人美术馆、苏州市公共文化中心（苏州美术馆）、常州西太湖美术馆和苏州美术院联合主办。展览以元末明初江南地区的“玉山雅集”为主题，遴选了现当代艺术家创作的 90 多件作品，对玉山雅集的“宴乐”部分进行了演绎与重塑。

此次展览分为“宴”和“乐”两个部分，比较有趣的是，“宴”展区还展出了不少江南美食主题的作品，充分展现了江南地区“不时不食”的传统。而那些生活中寻常所见之物，让观众感到特别亲近和欣喜。尤其是在炎炎夏日中，让人感受到一种清凉之感。据苏州市公共文化中心副主任、苏州美术馆副馆长杨艺介绍：“继 2021 年推出‘文采风流——玉山雅集特展’之后，今年夏天再度推出‘宴·乐——玉山雅集特展（第二回）’，相比第一回‘玉山雅集’的文献展，这次展览主要是对雅集的宴乐部分进行延展性的艺术呈现，彰显了更多的烟火味和人情味。”

活动当天还举办了导赏活动，江苏省文学艺术界联合会副主席、江苏省美术家协会副主席徐惠泉表示，持续了近 20 年的玉山雅集，以讲究的场地布置、精致的陈设器皿、美味的佳肴、动人的歌舞佐酒，吟诗作画，展示了不疾不徐的闲适风采，吸引了文豪名士的与会。人文精神最早、积淀最深厚的中国文化，是在江南文化中实现了它在逻辑上的最高环节，并在现实中获得了全面的发展。据悉，本次展览将持续至 8 月 4 日。

苏州美术馆演绎与重塑“宴·乐”中的“玉山雅集”

中国艺术报

2024-07-08 12:11:02 来源：《中国艺术报》 作者：德加

元末诞生于昆山巴城的“玉山雅集”，由吴中巨富顾瑛（1310—1369 年）主持，是元代历史上规模最大、历时最久、创作最多的诗文雅集，是空前持续的文化盛会，和东晋的“兰亭雅集”、北宋的“西园雅集”成为驰名全国的三大雅集，引为历代文坛佳话。“玉山雅集”当时成为身处动荡社会中志趣相投的文人雅士躲避祸乱的世外桃源，文人雅士们以山水之间的宴饮为乐，以诗词歌赋为媒介，留下了大量的珍贵艺术佳作。

7 月 5 日至 8 月 4 日，由长三角美术馆协作机制、刘海粟美术馆、侯北人美术馆、苏州市公共文化中心（苏州美术馆）、常州西太湖美术馆和苏州美术院联合主办的“宴·乐——玉山雅集特展（第二回）”就以此为题旨。本次在苏州美术馆举办的展览以元末明初江南地区的“玉山雅集”为主题，遴选了现当代艺术家创作的 90 多件作品，对玉山雅集的“宴乐”部分进行了演绎与重塑。

此次展览分为“宴”和“乐”两个部分，比较有趣的是，“宴”展区还展出了不少江南美食主题的作品，充分展现了江南地区“不时不食”的传统。而那些生活中寻常所见之物，俗物能登大雅之堂，让参观的观众感到特别亲近和欣喜。尤其是在炎炎夏日中，甚至让

中国移动 15:02 83%

苏州美术馆演绎与重塑“宴·乐”

苏州美术馆演绎与重塑“宴·乐”中的“玉山雅集”

来源：中国艺术报 作者：德加
2024-07-08 12:11:02

元末诞生于昆山巴城的“玉山雅集”，由吴中巨富顾瑛（1310-1369年）主持，是元代历史上规模最大、历时最久、创作最多的诗文雅集，是空前持续的文化盛会，和东晋的“兰亭雅集”、北宋的“西园雅集”成为驰名全国的三大雅集，引为历代文坛佳话。“玉山雅集”当时成为身处动荡社会中志趣相投的文人雅士躲避祸乱的世外桃源，文人雅士们以山水之间的宴饮为乐，以诗词歌赋为媒介，留下了大量的珍贵艺术佳作。

人感受到一种清凉之感。

“继 2021 年推出‘文采风流——玉山雅集特展’之后，今年夏天再度推出‘宴·乐——玉山雅集特展（第二回）’，相比第一回‘玉山雅集’的文献展，这次主要是对雅集的宴乐部分进行延展性的艺术呈现，拥有更多的烟火味和人情味。”苏州市公共文化中心副主任、苏州美术馆副馆长杨艺介绍。展览期间举办的导赏活动中，江苏省文联副主席、江苏省美协副主席徐惠泉表示，持续了近二十年的玉山雅集，以讲究的场地布置、精致的陈设器皿，美味的佳肴、动人的歌舞佐酒，吟诗作画，享受不疾不徐的闲适风采，吸引了文豪名士的与会。所以说，人文精神最早、积淀最深厚的中国文化，在江南文化的现实中获得了全面的发展。

今年是长三角一体化发展上升为国家战略的第六个年头，苏州美术馆作为长三角美术馆协作机制的成员单位多年来依托于江南文化的根基，着力从江南文化的内涵和灵魂处挖掘以寻求与当代文化的契合点。而此次展览作为“再看江南”——长三角文化推广展览系列项目，是深化长三角地区文化交流过程中又一次的历史性回眸。

苏州美术馆演绎与重塑“宴·乐”中的“玉山雅集”

2024-07-09 10:47 来源：《艺术头条》

元末诞生于昆山巴城的“玉山雅集”，由吴中巨富顾瑛（1310—1369 年）主持，是元代历史上规模最大、历时最久、创作最多的诗文雅集，是空前持续的文化盛会，和东晋的“兰亭雅集”、北宋的“西园雅集”成为驰名全国的三大雅集，引为历代文坛佳话。“玉山雅集”当时成为身处动荡社会中志趣相投的文人雅士躲避祸乱的世外桃源，文人雅士们以山水之间的宴饮为乐，以诗词歌赋为媒介，留下了大量的珍贵艺术佳作。

7 月 5 日至 8 月 4 日，由长三角美术馆协作机制、刘海粟美术馆、侯北人美术馆、苏州市公共文化中心（苏州美术馆）、常州西太湖美术馆和苏州美术院联合主办的“宴·乐——玉山雅集特展（第二回）”就以此为题旨。本次在苏州美术馆举办的展览以元末明初江南地区的“玉山雅集”为主题，遴选了现当代艺术家创作的 90 多件作品，对玉山雅集的“宴乐”部分进行了演绎与重塑。

此次展览分为“宴”和“乐”两个部分，比较有趣的是，“宴”展区还展出了不少江南美食主题的作品，充分展现了江南地区“不时不食”的传统。而那些生活中寻常所见之物，俗物能登大雅之堂，让参观的观众感到

特别亲近和欣喜。尤其是在炎炎夏日中，甚至让人感受到一种清凉之感。

“继 2021 年推出‘文采风流——玉山雅集特展’之后，今年夏天再度推出‘宴·乐——玉山雅集特展（第二回）’，相比第一回‘玉山雅集’的文献展，这次主要是对雅集的宴乐部分进行延展性的艺术呈现，拥有更多的烟火味和人情味。”苏州市公共文化中心副主任、苏州美术馆副馆长杨艺介绍。展览期间举办的导赏活动中，江苏省文联副主席、江苏省美协副主席徐惠泉表示，持续了近二十年的玉山雅集，以讲究的场地布置、精致的陈设器皿，美味的佳肴、动人的歌舞佐酒，吟诗作画，享受不疾不徐的闲适风采，吸引了文豪名士的与会。所以说，人文精神最早、积淀最深厚的中国文化，在江南文化的现实中获得了全面的发展。

今年是长三角一体化发展上升为国家战略的第六个年头，苏州美术馆作为长三角美术馆协作机制的成员单位多年来依托于江南文化的根基，着力从江南文化的内涵和灵魂处挖掘以寻求与当代文化的契合点。而此次展览作为“再看江南”——长三角文化推广展览系列项目，是深化长三角地区文化交流过程中又一次的历史性回眸。

再看江南文人的风雅盛会"宴·乐——玉山雅集特展"在苏州美术馆开幕

2024-07-07 16:26:31 来源：中央广电《国际在线》 编辑：高一芳

7月5日，"宴·乐——玉山雅集特展（第二回）"在苏州美术馆拉开帷幕。本次展览由长三角美术馆协作机制、刘海粟美术馆、侯北人美术馆、苏州市公共文化中心（苏州美术馆）、常州西太湖美术馆和苏州美术院联合主办。展览以元末明初江南地区的"玉山雅集"为主题，遴选了现当代艺术家创作的90多件作品，对玉山雅集的"宴乐"部分进行了演绎与重塑。

元末诞生于昆山巴城的"玉山雅集"，由吴中巨富顾瑛主持，是空前持续的文化盛会，和东晋的"兰亭雅集"、北宋的"西园雅集"成为驰名全国的三大雅集，引为历代文坛佳话。"玉山雅集"成为当时身处动荡社会中志趣相投的文人雅士躲避祸乱的世外桃源，文人雅士们以山水之间的宴饮为乐，以诗词歌赋为媒介，留下了大量的珍贵艺术佳作。

此次展览分为"宴"和"乐"两个部分，比较有趣的是，"宴"展区还展出了不少江南美食主题的作品，充分展现了江南地区"不时不食"的传统。

苏州市公共文化中心副主任、苏州美术馆副馆长杨艺介绍："继2021年推出'文采风流——玉山雅集特展'之后，今年夏天

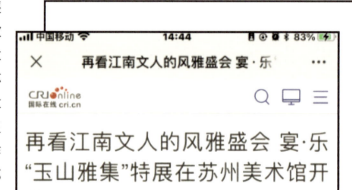

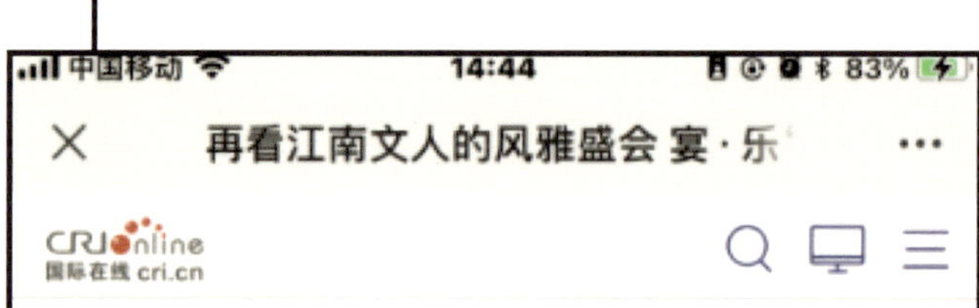

再看江南文人的风雅盛会 宴·乐"玉山雅集"特展在苏州美术馆开幕

来源：中央广电总台国际在线 | 2024-07-07 16:26:31

1.9万

7月5日，宴·乐"玉山雅集"特展（第二回）在苏州美术馆拉开帷幕。本次展览由长三角美术馆协助机制、刘海粟美术馆、侯北人美术馆、苏州市公共文化中心（苏州美术馆）、常州西太湖美术馆和苏州美术院联合主办。展览以元末明初江南地区的"玉山雅集"为主题，遴选了现当代艺术家创作的90多件作品，对玉山雅集的"宴乐"部分进行了演绎与重塑。

再度推出‘宴·乐——玉山雅集特展（第二回）’，相比第一回‘玉山雅集’的文献展，这次主要是对雅集的宴乐部分进行延展性的艺术呈现，拥有更多的烟火味和人情味。”

活动当天还举办了导赏活动，江苏省文联副主席、江苏省美协副主席徐惠泉表示，持续了近二十年的玉山雅集，以讲究的场地布置、精致的陈设器皿，美味的佳肴、动人的歌舞佐酒，吟诗作画，享受不疾不徐的闲适风采，吸引了文豪名士的与会。他认为，人文精神最早、积淀最深厚的中国文化，是在江南文化中才实现了它在逻辑上的最高环节，并在现实中获得了全面的发展。

2024 年是长三角一体化发展上升为国家战略的第六个年头，苏州美术馆作为长三角美术馆协作机制的成员单位多年来依托于江南文化的根基，着力从江南文化的内涵和灵魂处挖掘以寻求与当代文化的契合点。而此次展览作为“再看江南”——长三角文化推广展览系列项目，是深化长三角地区文化交流过程中又一次的历史性回眸。

据悉，本次展览将持续至 8 月 4 日。市民、游客可以在暑期来苏州美术馆，体验江南专属的人文之美。

中国移动 14:44 83%

再看江南文人的风雅盛会 宴·乐

元末诞生于昆山巴城的“玉山雅集”，由吴中巨富顾瑛主持，是空前持续的文化盛会，和东晋的“兰亭雅集”、北宋的“西园雅集”成为驰名全国的三大雅集，引为历代文坛佳话。“玉山雅集”成为当时身处动荡社会中志趣相投的文人雅士躲避祸乱的世外桃源，文人雅士们以山水之间的宴饮为乐，以诗词歌赋为媒介，留下了大量的珍贵艺术佳作。

市民观展中

此次展览分为“宴”和“乐”两个部分，比较有

去苏州美术馆赴一场雅集！体验江南专属的人文之美

2024-07-06 04:25 来源：《人民日报》人民号《看壹周》

7月5日，“宴·乐——玉山雅集特展（第二回）”在苏州美术馆拉开帷幕。本次展览由长三角美术馆协作机制、刘海粟美术馆、侯北人美术馆、苏州市公共文化中心（苏州美术馆）、常州西太湖美术馆和苏州美术院联合主办。展览以元末明初江南地区的“玉山雅集”为主题，遴选了现当代艺术家创作的90多件作品，对玉山雅集的“宴乐”部分进行了演绎与重塑。

元末诞生于昆山巴城的“玉山雅集”，由吴中巨富顾瑛（1310—1369）主持，是元代历史上规模最大、历时最久、创作最多的诗文雅集，是空前持续的文化盛会，和东晋的“兰亭雅集”、北宋的“西园雅集”成为驰名全国的三大雅集，引为历代文坛佳话。“玉山雅集”当时成为身处动荡社会中志趣相投的文人雅士躲避祸乱的世外桃源，文人雅士们以山水之间的宴饮为乐，以诗词歌赋为媒介，留下了大量的珍贵艺术佳作。

此次展览分为“宴”和“乐”两个部分，比较有趣的是，“宴”展区还展出了不少江南美食主题的作品，充分展现了江南地区“不时不食”的传统。而那些生活中寻常所见之物，俗物能登大雅之堂，让参观的观众感到特别亲近和欣喜。尤其是在炎炎夏日中，甚至让人感受到一种清凉之感。

苏州市公共文化中心副主任、苏州美术馆副馆长杨艺介绍：“继2021年推出‘文采风流——玉山雅集特展’之后，今年夏天再度推出‘宴·乐——玉山雅集特展（第二回）’，相比第一回‘玉山雅集’的文献展，这次主要是对雅集的宴乐部分进行延展性的艺术呈现，拥有更多的烟火味和人情味。”

活动当天还举办了导赏活动，江苏省文联副主席、江苏省美协副主席徐惠泉表示，持续了近二十年的玉山雅集，以讲究的场地布置、精致的陈设器皿，美味的佳肴、动人的歌舞佐酒，吟诗作画，享受不疾不徐的闲适风采，吸引了文豪名士的与会。所以说，人文精神最早、积淀最深厚的中国文化，是在江南文化中才实现了它在逻辑上的最高环节，并在现实中获得了全面的发展。

今年是长三角一体化发展上升为国家战略的第六个年头，苏州美术馆作为长三角美术馆协作机制的成员单位多年来依托于江南文化的根基，着力从江南文化的内涵和灵魂处挖掘以寻求与当代文化的契合点。而此次展览作为“再看江南”——长三角文化推广展览系列项目，是深化长三角地区文化交流过程中又一次的历史性回眸。

据悉，本次展览将持续至8月4日。大家可以在暑期来苏州美术馆，体验江南专属的人文之美。

“宴·乐——玉山雅集特展”在苏州美术馆开幕

美術报

2024 年 07 月 07 日 来源：《美术报》 编辑：朱凌捷

7 月 5 日，“宴·乐——玉山雅集特展（第二回）”在苏州美术馆拉开帷幕。本次展览由长三角美术馆协作机制、刘海粟美术馆、侯北人美术馆、苏州市公共文化中心（苏州美术馆）、常州西太湖美术馆和苏州美术院联合主办。展览以元末明初江南地区的“玉山雅集”为主题，遴选了现当代艺术家创作的 90 多件作品，对玉山雅集的“宴乐”部分进行了演绎与重塑。

元末诞生于昆山巴城的“玉山雅集”，由吴中巨富顾瑛（1310—1369）主持，是元代历史上规模最大、历时最久、创作最多的诗文雅集，是空前持续的文化盛会，和东晋的“兰亭雅集”、北宋的“西园雅集”成为驰名全国的三大雅集，引为历代文坛佳话。“玉山雅集”当时成为身处动荡社会中志趣相投的文人雅士躲避祸乱的世外桃源，文人雅士们以山水之间的宴饮为乐，以诗词歌赋为媒介，留下了大量的珍贵艺术佳作。

此次展览分为“宴”和“乐”两个部分，比较有趣的是，“宴”展区还展出了不少江南美食主题的作品，充分展现了江南地区“不时不食”的传统。而那些生活中寻常所见之物，俗物能登大雅之堂，让参观的观众感到特别亲近和欣喜。尤其是在炎炎夏日中，甚至让人感受到一种清凉之感。

中国移动 14:44 83%

宴·乐“玉山雅集”特展在苏州美术馆开幕

美术报 2024年07月07日 16:51 浙江 3人听过

美術报

7月5日，宴·乐“玉山雅集”特展（第二回）在苏州美术馆拉开帷幕。本次展览由长三角美术馆协助机制、刘海粟美术馆、侯北人美术馆、苏州市公共文化中心（苏州美术馆）、常州西太湖美术馆和苏州美术院联合主办。展览以元末明初江南地区的“玉山雅集”为主题，遴选了现当代艺术家创作的90多件作品，对玉山雅集的“宴乐”部分进行了演绎与重塑。

美术报 +关注　5　12　2　写留言

苏州市公共文化中心副主任、苏州美术馆副馆长杨艺介绍：“继 2021 年推出‘文采风流——玉山雅集特展’之后，今年夏天再度推出‘宴·乐——玉山雅集特展（第二回）’，相比第一回‘玉山雅集’的文献展，这次主要是对雅集的宴乐部分进行延展性的艺术呈现，拥有更多的烟火味和人情味。”

活动当天还举办了导赏活动，江苏省文联副主席、江苏省美协副主席徐惠

中国移动 14:45 83%

元末诞生于昆山巴城的“玉山雅集”，由吴中巨富顾瑛（1310—1369）主持，是元代历史上规模最大、历时最久、创作最多的诗文雅集，是空前持续的文化盛会，和东晋的“兰亭雅集”、北宋的“西园雅集”成为驰名全国的三大雅集，引为历代文坛佳话。“玉山雅集”当时成为身处动荡社会中志趣相投的文人雅士躲避祸乱的世外桃源，文人雅士们以山水之间的宴饮为乐，以诗词歌赋为媒介，留下了大量的珍贵艺术佳作。

此次展览分为“宴”和“乐”两个部分，比较有趣的是，

美术报 +关注 5 12 2 写留言

泉表示，持续了近二十年的玉山雅集，以讲究的场地布置、精致的陈设器皿，美味的佳肴、动人的歌舞佐酒，吟诗作画，享受不疾不徐的闲适风采，吸引了文豪名士的与会。所以说，人文精神最早、积淀最深厚的中国文化，是在江南文化中才实现了它在逻辑上的最高环节，并在现实中获得了全面的发展。

今年是长三角一体化发展上升为国家战略的第六个年头，苏州美术馆作为长三角美术馆协作机制的成员单位多年来依托于江南文化的根基，着力从江南文化的内涵和灵魂处挖掘以寻求与当代文化的契合点。而此次展览作为“再看江南”——长三角文化推广展览系列项目，是深化长三角地区文化交流过程中又一次的历史性回眸。

本次展览将持续至 8 月 4 日。

700 年前文人雅集再现古城 为江南文化精神传承作出时代回应

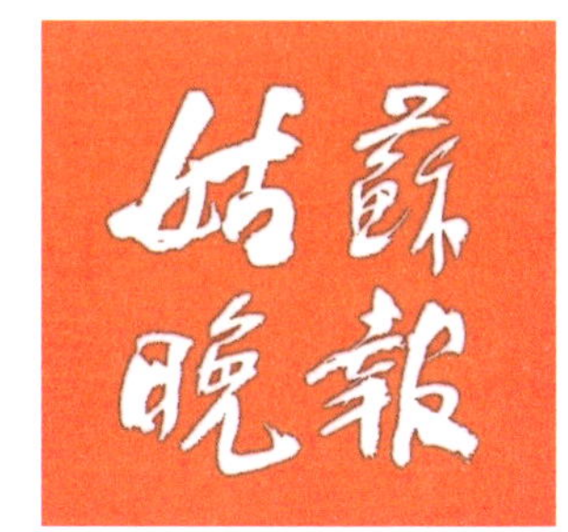

2024 年 07 月 06 日 A06 版来源：《姑苏晚报》

本报讯(记者 罗雯)昨日苏州美术馆以一场700年前“宴乐雅集”引来诸多“文人雅士”，在琴箫雅乐中开启了为期一个月的“宴·乐——玉山雅集 特展（第二回）”。

展览以元末明初江南地区的“玉山雅集”为主题，由长三角美术馆协作机制、刘海粟美术馆、侯北人美术馆、苏州市公共文化中心（苏州美术馆）、常州西太湖美术馆和苏州美术院联合主办。

苏州市公共文化中心副主任、苏州美术馆副馆长杨艺透露，“玉山雅集”是元代历史上规模最大、历时最久、创作最多的诗文雅集，和东晋“兰亭雅集”、北宋“西园雅集”并称为全国三大雅集，引为历代文坛佳话。继 2021 年推出“文采风流——玉山雅集特展”之后，苏州美术馆与刘海粟美术馆、侯北人美术馆、常州西太湖美术馆再度携手，在今年夏天推出其续篇——“宴·乐——玉山雅集特展（第二回）”，在对“玉山雅集”相关的人物、书画、文献、诗文和典籍介绍的基础上，对雅集的宴乐部分进行延展性的艺术呈现。

雅集作为古代文人间的聚会，是名士们崇尚高雅、挥洒性情的真实写照，拥有自己独特的发展脉络。玉山雅集由吴中巨富顾瑛（1310—1369）主持，它诞生于昆山巴城，是元代规模最大、历时最久、创作最多的雅集，前后持续了十多年之久，与东晋的兰亭雅集、北宋的西园雅集合称为中国文化史上最负盛名的三大雅集。

李祁曾在《草堂名胜集序》对玉山雅集彼时的盛况描述道：“良辰美景，士友群集，四方之来，与朝士之能为文辞者，凡过苏必之焉，之则欢意浓浃。”大量的文人墨客暂时摆脱了时代动荡大背景带来的消极情绪，转而寄情于山水之间，以宴饮为乐，吟诗作画，创作出闪耀美好人文光辉的作品，折射出最为深厚的中国文化积淀。

本次展览聚焦元人“玉山雅集”的文化底蕴和艺术价值，由其文人精神为切入，遴选现当代艺术家创作的 90 多件作品对雅集的宴乐部分进行了演绎与重塑，从多角度赓续昆山文脉，为江南文化精神的传承和弘扬作出时代性的回应。

700年前文人雅集再现古城

引力播

700年前文人雅集再现古城

为江南文化精神传承作出时代回应

《姑苏晚报》2024年07月06日 A06版

本报讯（记者 罗雯）昨日苏州美术馆以一场700年前“宴乐雅集”引来诸多“文人雅士”，在琴箫雅乐中开启了为期一个月的宴·乐“玉山雅集 ”特展（第二回）。

展览以元末明初江南地区的“玉山雅集”为主题，由长三角美术馆协助机制、刘海粟美术馆、侯北人美术馆、苏州市公共文化中心（苏州美术馆）、常州西太湖美术馆和苏州美术院联合主办。

苏州市公共文化中心副主任、苏州美术馆副馆长杨艺透露，“玉山雅集”是元代历史上规模最

700年前的文人雅集“再现”苏州古城

2024-07-05 21:57 来源：《引力播》记者：罗雯

炎炎夏日里，今天（7月5日）苏州美术馆以一场700年前“宴乐雅集”吸引来诸多“文人雅士”，在琴箫雅乐中开启了为期一个月的“宴·乐——玉山雅集·特展（第二回）”。

展览以元末明初江南地区的“玉山雅集”为主题，由长三角美术馆协作机制、刘海粟美术馆、侯北人美术馆、苏州市公共文化中心（苏州美术馆）、常州西太湖美术馆和苏州美术院联合主办。

苏州市公共文化中心副主任、苏州美术馆副馆长杨艺透露，“玉山雅集”是元代历史上规模最大、历时最久、创作最多的诗文雅集，和东晋“兰亭雅集”、北宋“西园雅集”并称为全国三大雅集，引为历代文坛佳话。继2021年推出“文采风流——玉山雅集特展”之后，苏州美术馆与刘海粟美术馆、侯北人美术馆、常州西太湖美术馆再度携手，在今年夏天推出其续篇——“宴·乐——玉山雅集特展（第二回）”，在对“玉山雅集”相关的人物、书画、文献、诗文和典籍介绍的基础上，对雅集的宴乐部分进行延展性的艺术呈现。

雅集作为古代文人间的聚会，是名士们崇尚高雅、挥洒性情的真实写照，拥有着自己独特的发展脉络。玉山雅集由吴中巨富顾瑛（1310—1369）主持，它诞生于昆山巴城，是元代规模最大、历时最久、创作最多的雅集，前后持续了十多年之久，与东晋的兰亭雅集、北宋的西园雅集合称为中国文化史上最负盛名的三大雅集。

李祁曾在《草堂名胜集序》对玉山雅集彼时的盛况描述道：“良辰美景，士友群集，四方之来，与朝士之能为文辞者，凡过苏必之焉，之则欢意浓浃。”大量的文人墨客暂时摆脱了时代动荡大背景带来的消极情绪，转而寄情于山水之间，以宴饮为乐，吟诗作画，创作出闪耀美好人文光辉的作品，折射出最为深厚的中国文化积淀。

本次展览聚焦元人“玉山雅集”的文化底蕴和艺术价值，由其文人精神为切入，遴选现当代艺术家创作的90多件作品对雅集的宴乐部分进行了演绎与

重塑，从多角度赓续昆山文脉，为江南文化精神的传承和弘扬作出时代性的回应。

今年是长三角一体化发展上升为国家战略的第六个年头，苏州美术馆作为长三角美术馆协作机制的成员单位多年来依托于江南文化的根基，着力从江南文化的内涵和灵魂处挖掘以寻求与当代文化的契合点。此次展览作为“再看江南”——长三角文化推广展览系列项目，是深化长三角地区文化交流过程中又一次的历史性回眸。愿这场拥有浓郁烟火味与人情味的当代文人雅集，能够让观众步步“尝鲜”，探寻到来自江南专属的人文之美。

"宴·乐"为邀，来苏州美术馆赴一场跨越千年的"玉山雅集"吧！

2024-07-05 20:59:30 来源：《看苏州》记者：丁瑜天

看苏州
KAN SUZHOU

用"宴·乐"的小切口，凝练江南雅集文化传统。

今天（7 月 5 日），"宴·乐——玉山雅集特展（第二回）"在苏州美术馆拉开帷幕，展览持续至 8 月 4 日。本次展览遴选了现当代艺术家创作的 90 多件作品，对玉山雅集的"宴乐"部分进行了演绎与重塑。开幕当天，苏州美术馆还举办了导赏活动，由馆方与参展艺术家为观众导赏展览。

步入展厅，映入眼帘的是满目朱砂红。满墙精巧的画作配上导赏活动，移步换景，耳闻雅韵，仿佛被主人邀请赴一场跨越千年的文人雅集。

此次展览分为"宴"和"乐"两个部分，展出现当代艺术家创作的"宴乐"主题相关作品 90 余件，以再现玉山雅集所蕴含的文化内涵，通过艺术家们的艺术视角和个性创作，呈现出依山傍水、吟诗作画的雅集背后所蕴含的文化传统。在"乐"展区，进门处便能观赏到两幅弹奏琵琶的仕女图。"虽然两位画家展现的主题一样，但是手法却截然不同，一幅画法比较传统，采用流线感很强的线条，另一幅则用了很多晕染手法。"江苏省文联副主席、江苏省美协副主席徐惠泉介绍。

"主人宴佳客，置酒重楼间。清歌间丝竹，杂珮声珊之。"《和乐图》套画中，奏乐的人物姿态各异，颇有古风，一旁还配上了元代张守中的诗词，相映成趣。

"宴"展区则展出了不少江南美食主题的作品，也展现出江南地区"不时不食"的传统。《最是橙黄蟹肥时》和 3 幅《鱼》的组图都是著名美术教育家、美术史论家、书画家贺野老先生的画作，很有江南意趣。"贺老画作的个性风格很强，表现手法也很有创意。"徐惠泉介绍。

该展览是继 2021 年推出"文采风流——玉山雅集特展"之后，苏州美术馆与刘海粟美术馆、侯北人美术馆、常州西太湖美术馆再度携手，在今夏推出的续篇。

"第一期偏向于梳理玉山雅集的文献展，这一期则通过小切口来做一些有烟火气的展示。"苏州市公共文化中心副主任、苏州美术馆副馆长杨艺介绍。

玉山雅集由吴中巨富顾瑛（1310—1369）主持，它诞生于昆山巴城，是元代规模最大、历时最久、创作最多的雅集，前后持续了十多年之久，与东晋的兰亭雅集、北宋的西园雅集合称为中国文化史上最负盛名的三大雅集。

李祁曾在《草堂名胜集序》对玉山雅集彼时的盛况描述道：“良辰美景，士友群集，四方之来，与朝士之能为文辞者，凡过苏必之焉，之则欢意浓浃。”大量的文人墨客暂时摆脱了时代动荡大背景带来的消极情绪，转而寄情于山水之间，以宴饮为乐，吟诗作画，创作出闪耀美好人文光辉的作品，折射出最为深厚的中国文化积淀。

炎炎夏日何处觅清凉！“玉山雅集”开启烟火人间第二回……

2024-07-06 14:59:01 来源：《看壹周》 编辑：黄世平

7月5日，“宴·乐——玉山雅集特展（第二回）”在苏州美术馆拉开帷幕。本次展览由长三角美术馆协作机制、刘海粟美术馆、侯北人美术馆、苏州市公共文化中心（苏州美术馆）、常州西太湖美术馆和苏州美术院联合主办。展览以元末明初江南地区的“玉山雅集”为主题，遴选了现当代艺术家创作的90多件作品，对玉山雅集的“宴乐”部分进行了演绎与重塑。

元末诞生于昆山巴城的“玉山雅集”，由吴中巨富顾瑛（1310—1369）主持，是元代历史上规模最大、历时最久、创作最多的诗文雅集，是空前持续的文化盛会，和东晋的“兰亭雅集”、北宋的“西园雅集”成为驰名全国的三大雅集，引为历代文坛佳话。“玉山雅集”当时成为身处动荡社会中志趣相投的文人雅士躲避祸乱的世外桃源，文人雅士们以山水之间的宴饮为乐，以诗词歌赋为媒介，留下了大量的珍贵艺术佳作。

此次展览分为“宴”和“乐”两个部分，比较有趣的是，“宴”展区还展出了不少江南美食主题的作品，充分展现了江南地区“不时不食”的传统。而那些生活中寻常所见之物，俗物能登大雅之堂，让参观的观众感到特别亲近和欣喜。尤其是在炎炎夏日中，甚至让人感受到一种清凉之感。

苏州市公共文化中心副主任、苏州美术馆副馆长杨艺介绍：“继2021年推出‘文采风流——玉山雅集特展’之后，今年夏天再度推出‘宴·乐——玉山雅集特展（第二回）’，相比第一回‘玉山雅集’的文献展，这次主要是对雅集的宴乐部分进行延展性的艺术呈现，拥有更多的烟火味和人情味。”

活动当天还举办了导赏活动，江苏省文联副主席、江苏省美协副主席徐惠泉表示，持续了近二十年的玉山雅集，以讲究的场地布置、精致的陈设器皿，美味的佳肴、歌舞佐酒，吟诗作画，享受不疾不徐的闲适风采，吸引了文豪名士的与会。所以说，人文精神最早、积淀最深厚的中国文化，是在江南文化中才实现了它在逻辑上的最高环节，并在现实中获得了全面的发展。

今年是长三角一体化发展上升为国家战略的第六个年头，苏州美术馆作为

长三角美术馆协作机制的成员单位多年来依托于江南文化的根基，着力从江南文化的内涵和灵魂处挖掘以寻求与当代文化的契合点。而此次展览作为“再看江南”——长三角文化推广展览系列项目，是深化长三角地区文化交流过程中又一次的历史性回眸。

据悉，本次展览将持续至 8 月 4 日。大家可以在暑期来苏州美术馆，体验江南专属的人文之美。

宴乐篇
MUSIC

“玉山雅集”有不少以宴、乐为题材的诗词作品，本专题遴选此类题咏之作72首，并注以时间、地点、人物、形式及文献出处刊载供赏。

赋碧梧翠竹堂 顾达

玉山之堂绝萧爽，梧竹满庭深且幽。出檐百尺拥高盖，覆地六月生清秋。

玉绳挂树月皎皎，翠袖起舞风飕飕。石床碧华乱如雨，仙佩夜过锵鸣球。

◎时间：至正九年（一三四九）农历九月十五日。◎地点：玉山佳处之碧梧堂。

◎人物：陆仁、顾达、张天英、冯濬等。◎文献：《名胜集》一七〇页。

◎乐：月下起舞之状。

玉山雅集 宴乐篇

碧梧翠竹堂燕席 以『暗水流花径，春星带草堂』分韵得『花』字 释良琦

今夕复何夕，宴此玉山家。桐阴深绣户，凉阴覆碧纱。

朱弦度法曲，香斝贮流霞。念昔空山阴，在今犹浣花。

风流维子所，沧海近仙槎。

◎时间：至正九年（一三四九）农历六月二十八日。◎地点：玉山佳处之碧梧堂。

◎人物：释良琦、吴克恭、于立、郯韶、顾瑛、高晋、顾衡。◎文献：《名胜集》一八〇页。

◎乐：法曲：隋、唐时对燕乐大曲之一种。风格以『淡雅』为主。

◎乐器用：铙、钹、钟、磬、萧、琵琶等。唐玄宗时梨园设有法部。

玉山雅集 宴乐篇

赋碧梧翠竹堂　聂镛

青山高不极，中有仙人宅。筑堂向溪路，鸟啼花落迷行迹。
翠竹罗堂前，碧梧置堂侧。窗户堕疏影，帘帷卷秋色。
仙人红颜鹤发垂，脱巾坐受凉风吹。天青露叶净如洗，月出照见新题诗。
仙人援琴鼓月下，枝上栖乌弦上语。空阶无地著清商，一夜琅玕响飞雨。

◎时间：至正九年（一三四九）农历九月十五日。◎地点：玉山佳处之碧梧堂。

◎人物：郯韶、于立、聂镛、秦约等。◎文献：《名胜集》一七五页。

◎乐：清商：古代汉族的民间音乐。晋室南渡，声伎分散，在南朝发展为江南吴歌，荆楚西声，与中原旧曲总称为清商乐。月夜，碧梧下，翠竹侧，鼓琴唱曲，饮酒赋诗。

赋碧梧翠竹堂　陈基

玉山窈窕地仙居，翠竹参差间碧梧。夜静帘栊人度曲，春深庭院凤将雏。
瑶华散席侵棋局，琼露分香落酒壶。见说秋来更潇洒，四檐虚籁奏笙竽。

◎时间：至正九年（一三四九）农历九月十五日。◎地点：玉山佳处之碧梧堂。

◎人物：陈基、昂吉、郑元祐、郯韶、于立等。◎文献：《名胜集》一七二页。

◎乐：笙、竽、吹奏乐器，竹制。月夜隔帘听曲。

玉山雅集　宴乐篇

赋碧梧翠竹堂　马琬

片玉山前众香国，高秋亭馆正鲜新。竹间驯鹤明于雪，石上稚桐长似人。

库书新置太平览，家酿屡熟罗浮春。鸿文最爱新堂记，笔力端能挽万钧。

◎时间：至正九年（一三四九）农历九月十五日。◎地点：玉山佳处之碧梧翠竹堂。

◎人物：马琬、顾达、于立、陈基、郑元祐等。◎文献：《名胜集》一七〇页。

◎宴：玉山雅集常饮顾瑛家酿之酒。

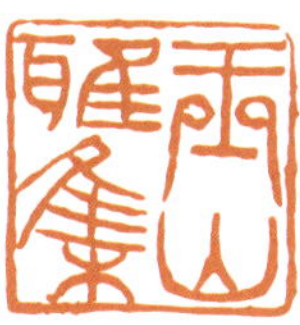

碧梧翠竹堂燕席以『流水暗花径，春星带草堂』分韵得『堂』字　顾衡

玉山有佳趣，张筵竹梧堂。翠气动空碧，绿阴生暗芳。

蔗浆银碗冻，莼缕翠丝凉。最爱纤歌罢，虚庭月似霜。

◎时间：至正九年（一三四九）农历六月二十八日。◎地点：玉山佳处之碧梧翠竹堂。

◎人物：顾衡、吴克恭、释良琦、于立、郯韶、顾瑛、高晋。

◎文献：《名胜集》一八三页。◎宴：莼菜，荔枝浆酒，莼菜羹。

◎乐：纤歌，庭院月下雅集。

玉山雅集　宴乐篇

九月八日梧竹堂燕席 以「满城风雨近重阳」分韵得「阳」字　赵珍

碧梧翠竹荫高堂，堂上张筵引兴长。上客凌风还解佩，美人传令更飞觞。
帘栊冉冉香微动，星斗沉沉夜未央。黄菊紫萸应烂漫，江南风景在重阳。

◎时间：至正十二年（一三五二）农历九月八日。◎地点：玉山佳处之竹梧堂。
◎人物：萧景微、顾瑛、赵珍等。◎文献：《名胜集》一九一页。
◎宴：美人传酒令，重阳佳节时。

玉山雅集　宴乐篇

春晖楼中秋燕席 以「攀桂仰天高」分韵得「仰」字　熊自得

行行别楚州，秋芜半苍莽。关河飏旌旗，令人心怏怏。
礼乐百年间，于焉曰悽怆。历此艰危中，别郡政劳攘。
何由得清夷，复见桑麻长。故人居桃源，买舟得独往。
坐我广厦间，薄言慰遐想。维此秋方中，桂月延清赏。
连甍接层台，夜色亦萧爽。主人情更真，顿觉脱尘鞅。
吴歈侑金尊，讴歌共抵掌。欢会亦何期，乐事非勉强。
醉后下高楼，凉月犹在仰。

◎时间：至正十二年（一三五二）农历八月十五日。◎地点：玉山佳处之春晖楼。
◎人物：熊自得、张守中、袁华、于立、顾瑛。◎文献：《名胜集》三三五页。◎乐：吴歈、讴歌。

玉山雅集　宴乐篇

碧梧翠灯堂燕席 以「流水暗花径、春星带草堂」分韵得「星」字 顾瑛

高堂梧与竹，叆叆排空青。凉飙忽飞来，落我生色屏。
为君燕坐列绮席，吴歌赵舞双娉婷。莼香翠缕雪齿齿，蔗浆玉碗冰泠泠。
人生良会不可遇，况复聚散如浮萍。分明感此眼前事，鬓边白发皆星星。
华亭夜鹤怨明月，何如荷锸随刘伶。中山有酒十日醉，汨罗羁人千古醒。
葡萄酒，玻璃瓶，可以驻君之色延君龄。脱吾帽，忘吾形，美人听我重叮咛。
更惜白玉手，进酒且莫停。酒中之趣通仙灵，玉笙吹月声泠泠，与尔同蹑双凤翎。

◎时间：至正九年（一三四九）农历六月二十八日。◎地点：玉山佳处之碧梧堂。
◎人物：吴克恭、释良琦、于立、郯韶、顾瑛、高晋、顾衡。◎文献：《名胜集》一八一页。
◎宴：莼香句：莼菜鱼肉羹。莼菜翠绿，鱼肉雪白。◎蔗浆句：荔枝浆酒，果酒类，于立善酿此酒。

春晖楼中秋燕集 以「攀桂仰天高」分韵得「天」字 于立

飞楼高倚玉绳边，两两青娥舞绣筵。北斗倒悬江动石，清秋不尽水如天。
故人相见风尘际，此夜同看海月圆。明夕光华应更好，买花重上泛湖船。

◎时间：至正十二年（一三五二）农历八月十五日。◎地点：玉山佳处之春晖楼。
◎人物：熊自得、张守中、袁华、于立、顾瑛。◎文献：《名胜集》三三五页。
◎乐：两两青娥舞绣筵。

赋钓月轩　张天英

武陵溪头月初上，四边玉树凉晖晖。片石如云我独坐，一雨满池鱼欲飞。
清童能唱白凫曲，老夫醉卧青蓑衣。严陵千古不可见，但见客星朝紫微。

◎地点：玉山佳处之钓月轩。
◎人物：张天英、于立、释良琦、袁华、陆仁等。
◎文献：《名胜集》八十八页。
◎乐：白凫曲：盛行于河流众多的江南民间歌曲。

玉山雅集　宴乐篇

赋浣花馆　陈粲

爱尔桃溪好，幽期不可分。山光晴挹翠，玉气暖为云。
渔艇花间泊，樵歌竹外闻。思君赋招隐，惭愧北山文。

◎地点：玉山佳处之浣花馆。
◎人物：袁华、黄玠、陈粲、李元珪等。
◎文献：《名胜集》二一七页。
◎乐：樵歌：琴曲。广陵琴派善奏此曲。文人隐居之曲。

玉山雅集　宴乐篇

赋湖光山色楼 释良琦

新楼一登眺，不尔见湖山。兴落沧洲远，心超云物间。渔歌方互起，鸟倦忽飞还。牵舟成独去，清月满虚湾。

◎地点：玉山佳处之湖山楼。
◎人物：郑元祐、释良琦、熊自得等。
◎文献：《名胜集》一九六页。
◎乐：渔歌。清月、倦鸟，阳澄湖湾，渔歌声声。

春晖楼中秋燕席以『攀桂仰天高』分韵得『攀』字 张守中

主人宴佳客，置酒重楼间。明月当虚空，星斗何斓斑。清歌间丝竹，杂佩声珊珊。缅思风尘际，雅会良独难。欢笑尽今夕，不醉当无还。坐中松雪老，孤标出尘寰。浩歌夏起舞，不为礼所闲。明发度淮水，仰望不可攀。

◎时间：至正十二年（一三五二）农历八月十五日。◎地点：玉山佳处之春晖楼。
◎人物：能自得、张守中、袁华、于立、顾瑛。◎文献：《名胜集》三三四页。
◎乐：清歌、浩歌、丝竹。

钓月轩宴集 以『旧雨不来今雨来』分韵得『雨』字 于立

七月凉飔初破暑，秋声萧萧在庭户。清新故人忽见过，契阔有怀何足数。

西夏郎官好词翰，中州美人妙歌舞。悬知野衲解谈天，况有仙人能噀雨。

金刀削翠藕丝长，绿房破茧莲心苦。诗成脱颖或有神，酒令分曹聊可赌。

殷勤素手累行觞，潇洒清谈藉挥麈。纷纷市上聚蚊儿，昌黎先生唾如土。

◎时间：至正十年（一三五〇）农历七月初五日。◎地点：玉山佳处之钓月轩。
◎人物：顾瑛、于立、释良琦、昂吉、顾衡。◎文献：《名胜集》九十四页。
◎乐：中州美人妙歌舞。◎宴：藕、莲蓬。

玉山雅集 宴乐篇

浣花馆联句 陈基

花凭嬴女献，张。**酒倩吴姬压。帘卷苍龙须，**袁。**盘荐紫驼胛。戎葵粲巧笑，**于。

文瓜印微掐，白戟鱼乍封，顾。**红莲米新锸。急觞行葡萄，**杨。

（节选饮食部分）

◎时间：至正八年（一三四八）农历六月二十四日。◎地点：玉山佳处之浣花馆。
◎人物：顾瑛、杨维桢、于立、张师贤、袁华、陆仁、高智。◎文献：《名胜集》二二八页。
◎宴：紫驼。◎胛：驼胛，八珍之一。
◎戎葵：冬葵，元人奉为百菜之王。◎白：鱼名，即鲌鱼，江南名贵鱼种。
◎红莲米：血糯。糯米的一个精品。

玉山雅集 宴乐篇

赋湖光山色楼　杨维桢

仙家十二楼，俯瞰芙蓉渚。象田耕玉烟，龙气生珠雨。
凤麟远水接空濛，小瀛夜折蓬莱股。兰台美人能楚语，
十三雁急孤鸾舞。仙人醉骑黄鹤来，醉挥落日使倒回。
翦取璚田一棱归，满天铁笛走春雷。

◎地点：玉山佳处之湖山楼。◎人物：袁华、陈基、昂吉、杨维桢等。
◎文献：《名胜集》一九八页。◎乐：楚语：古代楚地的曲调。
◎鸾舞：孔雀之舞。

玉山雅集　宴乐篇

浣花馆联句　陈基

水光山色楼千尺，老子于中兴最多。手板时看云气好，吹箫无奈月明何。
凤池上客阳春曲，铁笛仙人小海歌。二月玉溪花正好，梦随春水白鸥波。

◎地点：玉山佳处之湖山楼。◎人物：秦约、吕恂、姚涣、黄玠等。
◎文献：《名胜集》一九九页。◎乐：阳春曲：琴曲。取为物知春，和风淡荡之意。
◎小海歌：渔歌的一种。

玉山雅集　宴乐篇

湖光山色楼口占四首 之一 于立

长烟落日孤鸟没，野岸平畴新水多。
有客倚栏成独啸，白苹洲上起渔歌。

◎时间：至正十年（一三五〇）农历五月十八日。
◎地点：玉山佳处之湖山楼。
◎人物：顾瑛、于立、释良琦、吴世显。
◎文献：《名胜集》二〇二页。
◎乐：渔歌，酒酣倚栏听渔歌。

玉山雅集　宴乐篇

湖光山色楼口占四首 之一 释良琦

断云将雨过瑶山，极浦烟开白鸟还。
隔水渔郎惊客意，笛声呜咽起空湾。

◎时间：至正十年（一三五〇）农历五月十八日。
◎地点：玉山佳处之湖山楼。
◎人物：顾瑛、于立、释良琦、吴世显。
◎文献：《名胜集》二〇三页。
◎乐：笛：吹奏乐器，音色圆润。

玉山雅集　宴乐篇

可诗斋与缪叔飞联句

短檠二尺照清酣，顾。圆饼裁肪韭味甘。缪。
旧雨今为红叶雨，顾。闲云不障白云庵。缪。
范君远馈吴犍肉，顾。钱老能分林屋柑。缪。
今夕共谋真率醉，顾。莫将时事说江南。缪。

◎时间：至正十六年（一三五六）农历十二月二十六日
◎地点：玉山佳处之可诗斋。
◎人物：顾瑛、范君本、钱好学、赵元、马孟昭。
◎文献：《名胜集》一四七页。
◎宴：吴犍肉：苏州所产牛犍子肉。
◎林屋树：苏州西山岛的红柑。
◎圆饼：韭菜饼，农家风味。

和联句「柑」字韵 顾瑛

一醉能辞十日酣，浊醪到手味偏甘。新诗漫赋宫槐陌，好事争传海岳庵。
霜后两螯看紫蟹，樽前一味出黄柑。料应堂北梅花树，今岁开时只向南。

◎时间：至正十六年（一三五六）农历十二月二十六日。
◎地点：玉山佳处之可诗斋。
◎人物：顾瑛、范基、钱敏、缪侃等。
◎文献：《名胜集》一四七页。
◎宴：紫蟹、黄柑：蟹性寒，柑温补，此为饮食绝配。

玉山雅集 宴乐篇

辛卯中秋绿波池上以「银汉无声转玉盘」分韵得「汉」字 王濡之

丹桂发天芳，凉月正秋半。开筵绿波上，杂佩微风散。
清光丽飞阁，明波溢长岸。纤歌珠露零，妙舞绮霞粲。
于焉接觥筹，况乃富词翰。赏适靡预期，急景无留玩。
胡为羁尘鞅，高情邈云汉。

◎时间：某年农历八月十五日。◎地点：玉山佳处之绿波亭。
◎人物：释良琦、王濡之、沈明远、顾瑛等。◎文献：《名胜集》二九九页。
◎乐：纤歌、妙舞。水亭赏月。

玉山雅集 宴乐篇

端阳前一日，集湖光山色楼即席以「吴东山水」分题得「傀偶湖」 秦约

晨兴东湖阴，放浪随所之。日光出林散霾翳，晃朗澄碧堆玻璃。
天风忽来棹讴发，岸岸湾湾浴鹅鸭。中峰叠巘与云连，西墩佳树如城匝。
主人湖上席更移，醉歌小海和竹枝。文渔跳波翠蛟舞，疑是冯夷张水嬉。
微生百年何草草，傀儡棚头几绝倒。逝川一去无还期，长啸不知天地老。
酒阑横被复扬舲，菖蒲洲渚花冥冥。鸡皮鹤发漫从汝，且读楚骚招独醒。

◎时间：某年农历五月四日。◎地点：玉山佳处之湖山楼。
◎人物：卢昭、秦约、顾瑛、释自恢、袁华。◎文献：《名胜集》二一〇页。
◎宴：湖上船菜。◎乐：傀儡湖上演傀儡戏。

玉山雅集 宴乐篇

秋华置酒以「天上秋期近」分韵得「秋」字　顾瑛

开宴秋华亭子上，共看织女会牵牛。星槎有路连云度，银汉无声带月流。
取醉不辞良夜饮，追欢犹似少年游。分曹赌酒诗为令，狎坐猜花手作阄。
最爱柳腰和影瘦，更听莺舌弄春柔。金茎露落仙人掌，锦瑟声传帝子愁。
络纬岂知都是怨，芙蓉莫恨不禁秋。碧空珠斗微风动，更欲移尊为客留。

◎时间：至正十年（一三五〇）农历七月六日。◎地点：玉山佳处之秋华亭。
◎人物：于立、顾瑛、释良琦。◎文献：《名胜集》三一二页。
◎宴：分曹赌酒（二人一对为曹），狎坐猜花（与女伎亲近而坐）。◎乐：莺舌（唱）、锦瑟（弹）。

寄题玉山诗　张翥

未获窥诗境，相邀到草堂。开樽罗绮馔，侑席出红妆。婉态随歌板，齐容缀舞行。
新声绿水曲，秾艳大堤娼。宛转缠头锦，淋漓蘸甲觞。弦松调宝柱，笙咽炙银簧。
倚策骖联辔，钩帘烛绕廊。僰童供紫蟹，庖吏进黄獐。

◎时间：至正九年（一三四九）秋。◎地点：玉山佳处。
◎人物：张翥（山西襄汾人，官翰林学士圣承旨。时代元帝祀太仓浏河天妃庙而入玉山草堂）顾瑛、于立、郑元祐、郯韶、杨维桢等十二人。
◎文献：《玉山名胜集》第十页。
◎乐：歌：绿水曲（江南小调），舞：大堤娼。◎队舞：众人载歌载舞。
◎宴：食：蟹、獐。

玉山雅集　宴乐篇

赋柳塘春　陈基

扁舟二月傍溪行，爱此林塘照眼明。芳草日长飞燕燕，绿阴人静语莺莺。

临风忽听歌金缕，隔水时闻度玉笙。更待清明寒食后，买鱼沽酒答春晴。

◎地点：玉山佳处之柳塘春。◎人物：陈基、袁华、陆仁、郭翼等。

◎文献：《名胜集》二二一页。◎乐：金缕：曲名。

◎笙：吹奏乐器。

玉山雅集　宴乐篇

赋柳塘春　昂吉起文

春塘水生摇绿漪，塘上垂杨长短丝。

美人荡桨喝流水，飞花如雪啼黄鹂。

◎地点：玉山佳处之柳塘春。

◎人物：昂吉、卢昭、郯韶、黄玠等。

◎文献：《名胜集》二二一页。

◎乐：流水：民歌小调之一种。用于表现激昂急切的情绪。

玉山雅集　宴乐篇

柳塘春口占四首 其四 袁华

春塘杨柳未飞绵，已有清阴覆画船。
好倩吴姬歌水调，不辞百罚酒杯传。

◎时间：至正十二年（一三五二）农历正月下旬。
◎地点：玉山佳处之柳塘春。
◎人物：于立、顾瑛、袁华。
◎文献：《名胜集》二二六页
◎乐：水调：杨柳新绿，画船穿行，美女献歌，饮酒赋诗。

复饮秋华亭上并口占 并序 顾瑛

七月九日复饮秋华亭上。天香袭人，幽花倚石。时猩猩轧琴，与宝笙合曲，琼花起舞，兰陵美人度觞，与琦龙门行酒。余为作诗以纪良会。就邀匡山、龙门同韵。

又到秋华亭子上，东山爽气飞清妍。
阶前落叶不须扫，石上幽花自可怜。
越国女儿娇娜娜，兰陵酒色净娟娟。
深樽胜有清香在，留待瑶笙月下传。

◎时间：至正十年（一三五〇）农历七月九日。◎地点：玉山佳处之秋华亭。
◎人物：顾瑛、琦龙门、于立。◎文献：《名胜集》三二四页。
◎乐：猩猩轧琴，宝笙合曲，琼花起舞，兰陵美人度觞。

玉山雅集 宴乐篇

书画舫和岳季坚韵　袁华

长日园池水竹阴，临流展席酒同斟。花开薝卜十枝雪，子熟枇杷一树金。
未觉山王称旷达，更凭顾陆写萧森。独怜黄鹤归耕者，诗酒何时再盍簪。

◎时间：至正十八年（一三五八）农历四月。
◎地点：玉山佳处之书画舫。
◎人物：岳榆、王蒙、顾瑛、卢熊、袁华。
◎文献：《名胜集》二七六页。
◎宴：枇杷。

玉山雅集　宴乐篇

张景思同守西关，蒙惠白髫鱼一尾，忽常吕二妓过，就留夜饮。口点以记　顾瑛

闲居每羡鹿门庞，忽尔移文守海邦。厌听潮声无夜雨，喜看春色带晴江。
白鱼受钓供三尺，翠羽穿花见一双。骑马归来佳客在，画堂渌酒照银缸。

◎时间：至正十五年（一三五五）◎地点：太仓西关。
◎人物：顾瑛、张景思。◎文献：《玉山璞稿》三十七页。
◎宴：白鱼：产于长江中的上等食用鱼类，肉肥鲜美，鳔肥厚，俗称『江团』『白吉』，即鮰鱼。《本草纲目·鳞部四》：『北人呼鳠，南人呼鮠，并与鮰音相近，迩来通称鮰鱼，而鳠、鮠之名不彰矣。』

玉山雅集　宴乐篇

听雪斋宴集 以『夜色飞花合，春声度竹深』分韵得『竹』字 章桂

会饮玉山堂，琼花映醽醁。
夜久寂无喧，春声在疏竹。

◎时间：至正九年（一三四九）农历十二月十五日。

◎地点：玉山佳处之听雪斋。

◎人物：顾瑛、昂吉、章桂、王元珵等。

◎文献：《名胜集》二八三页。

◎宴：醽醁：酒名。亦作绿醽。《文选·左思〈吴都赋〉》：『飞轻轩而酌绿醽。』李善注引《湘州记》『湘州临水县有醽湖，取水为酒，名曰酃酒。』

玉山雅集　宴乐篇

听雪斋宴集 以『夜色飞花令，春声度竹深』分韵得『花』字 陆逊

夜宴玉山家，春风舞雪斜。
佳人歌白苎，零乱落梅花。

◎时间：至正九年（一三四九）农历十二月十五日。

◎地点：玉山佳处之听雪斋。

◎人物：昂吉、旃嘉闾、于立、顾瑛、陆逊等。

◎文献：《名胜集》二八一页。

◎乐：白苎：吴地民间歌舞。

玉山雅集　宴乐篇

书自舫置酒以『春水船如天上坐，老年花似雾中看』平声字分韵得『天』字　释良琦

片玉山西境绝偏，秋华亭子最清妍。三峰秀割昆仑石，一沼深通渤解渊。
鹦鹉隔窗留客语，芙蓉映水使人怜。桂丛旧赋淮南隐，雪夜常回郯曲船。
北海樽中长潋滟，东山席上有婵娟。紫薇花照银瓶酒，玉树人调锦琴弦。
醉过竹间风乍起，吟成梧下月初悬。一声白鹤随归佩，何处重寻小有天。

◎时间：至正十年（一三五〇）农历七月六日。◎地点：玉山佳处之秋华亭。
◎人物：于立、顾瑛、释良琦。◎文献：《名胜集》三二三页
◎宴：银瓶酒。◎乐：锦瑟弦。

书画舫置酒以『春水船如天上坐，老年花似雾中看』平声分韵得『春』字　郑元祐

雪舫夜寒虹贯日，溪亭腊尽柳含春。将军结发开全武，隐者逃名愧子真。
醉里都忘诗格峻，灯前但爱酒杯频。芼羹青点沿墙荠，斫鲙冰飞出网鳞。
稽古尚能窥草圣，送穷端欲致钱神。周南老去文章在，同谷歌终手脚皴。
擉鼈归来还自笑，闻鸡起舞意谁嗔。盍簪岂料有今夕，明日桃源又问津。

◎时间：某年农历十月初三日。◎地点：玉山佳处之书画舫。
◎人物：郑元祐、李元珪、顾瑛、袁华、范基、释自恢、钱敏。◎文献：《名胜集》二六五页。
◎宴：荠菜肉丝羹，网鱼。

书白舫置酒以『春水船如天上坐，老年花似雾中看』平声字分韵得『天』字 袁华

我爱山中屋似船，曲阑倒影水行天。画推郑顾同三绝，书阁钟王可并传。
把盏俄惊天欲雪，钩帘却见月将弦。黄浮菊蕊鹅儿酒，红点椒花玉鬣鳊。
北苑风流尤仕漫，南宫放旷任称颠。柝惊栖鸟翻丛竹，琴动潜鱼出九渊。
山构雪巢吟木客，楼居云海晏神仙。艰时会合须强饮，莫惜狂歌醉扣舷。

◎时间：某年农历十二月初三日。◎地点：玉山佳处之书画舫。
◎人物：郑元祐、李元珪、顾瑛、袁华、范基、释自恢、钱敏。◎文献：《名胜集》二六七页。
◎宴：酒：鹅儿黄。鳊：以红椒点缀鳊肉白。

玉山雅集 宴乐篇

书画舫饯射子兰分诗得『东』字 顾瑛

我开船屋秋水中，绿波碧树红芙蓉。推窗面面远山入，引钩个个游鱼逢。
好事独许米老得，清赏当与岑参同。画张神笔骇痁鬼，书著芸香辟蠹虫。
槽头夜滴百斛酒，佳菊烂发花丛丛。蟹斫两螯白雪满，橘摘并蒂黄金重。
荐君之酒饯君别，莫辞大酌玻璃钟。

◎时间：至正十八年（一三五八）九月。◎地点：玉山佳处之书画舫。
◎人物：顾瑛、谢应芳、陆麒、释自恢、袁华、朱珪。◎文献：《名胜集》二七〇页。（诗文节选）
◎宴：家酿酒，蟹、橘。

玉山雅集 宴乐篇

听雪斋宴集 以「东阁观梅动诗兴」分韵得「官」字 顾瑛

玄阴翳阳景，积雪凝深寒。客行玉山里，悠然起遐观。登高发清啸，临流揭长竿。勿云钟鼎贵，且尽尊俎欢。蜀琴弹白雪，秦萧吹紫鸾。人生百年间，嘉会凉亦难。莫嗟岁云暮，长歌夜漫漫。

◎时间：至正十年（一三五〇）农历十二月十九日。◎地点：玉山佳处之听雪斋。

◎人物：郯韶、陈让、于立、顾瑛。◎文献：《名胜集》二八六页。

◎乐：弹琴、吹箫、长歌。

玉山雅集　宴乐篇

渔庄欸歌二绝 其一 李瓒

芙蓉开遍锦云低，夜饮渔庄月满池。

按得新词倚红袖，桃花便面写乌丝。

◎时间：至正十一年（一三五一）农历九月十四日。

◎地点：玉山佳处之渔庄。

◎人物：顾瑛、袁华、于立、赵珍、李瓒等。

◎文献：《名胜集》二四九页。

◎宴：夜饮渔庄、新词、便面。

玉山雅集　宴乐篇

题渔庄诗　陈基

何处林塘好卜邻，清江绕屋净无尘。定巢新燕浑如客，泛者轻鸥不避人。
杨柳作花香胜雪，鲈鱼上钓白于银。春风无限沧浪意，欲向汀洲赋采苹。

◎地点：玉山佳处之渔庄。
◎人物：昂吉、卢昭、陈基、杨维桢等。
◎文献：《名胜集》二四〇页。
◎宴：钓鲈开宴。

赋渔庄

濠上春晴花朵朵，施周强知渔与我。争如顾循读书倦，
駜沓浪花宵鼓棰。船头列炬船窗唱，绳擉如云布水上。
并刀斫雪脍鲤飞，吴娃夹坐歌喉亮。庄上东风柳欲绵，
鲤鱼吹浪迎归船。由来名教有乐地，鼓琴却扫消残年。

◎地点：玉山佳处之渔庄。◎人物：袁华、陆仁、李瓒、于立、郑元祐。
◎文献：《名胜集》二三八页。◎宴：鲤鱼。脍：鱼肉羹。
◎乐：吴娃：吴地美女唱船歌。

玉山雅集　宴乐篇

听雪斋宴集 以『夜色飞花令，春声度竹深』分韵得『飞』字 于立

附：西夏昂吉起文序云：至正九年冬，予泛舟界溪，访玉山主人。时积雪在树，冻光著户牖间。主人榼酒宴客于听雪斋中，命二娃唱歌行酒。雪霰复作，夜气袭人，客有岸巾起舞，唱青天歌，声如怒雷。于是众客乐甚，饮遂大醉。匡庐道士诚童子取雪水煮茶，主人具纸笔，以斋中春题『夜色飞花令，春声度竹深』分韵赋诗。

暮雪密成围，寒侵酒力微。度窗闻暗响，启户见斜飞。
渐觉明书幌，时来近舞衣。酣歌过午夜，香霭飞霏霏。

◎时间：至正九年（一三四九）农历十二月十五。◎地点：玉山佳处之听雪斋。
◎人物：昂吉，旃嘉阁、陈帷义、于立、陆逊、顾衡、顾瑛、虞祥等。◎文献：《名胜集》二七九页。
◎乐：青天歌：喜庆场合之歌，配唢呐曲，故声如怒雷。

赋渔庄 黄玠

渔庄无岁不丰年，三十六陂多似田。钓者得鱼还易粟，市官有税却输钱。
霜天簖下团脐蟹，冬日艖头缩项鳊。想见牙签满书案，教儿兼读种鱼篇。

◎地点：玉山佳处之渔庄。◎人物：秦约、冯、黄玠、周砥等
◎文献：《名胜集》二四二页。◎宴：蟹簖：阳澄湖河汉捕蟹渔具。
◎团脐蟹：雌蟹的标志，雄蟹尖脐。◎缩头鳊：鳊鱼的戏称。

玉山雅集 宴乐篇

赋渔庄 于立

二月春水生，三月春波阔。东风杨柳花，江上鱼吹沫。
放船直入云水乡，芦荻努芽如指长。
船头濯足歌沧浪，兰杜吹作春风香。
得鱼归来三尺强，有酒在壶琴在床。
长安市上人如蚁，十丈红尘埋马耳。
渔庄之人百不理，醉歌长在渔庄底。

◎地点：玉山佳处之渔庄。◎人物：于立、陈基、郭翼、李瓒等。
◎文献：《名胜集》二三八页。◎宴：鱼三尺、酒在壶。
◎乐：琴在床，醉歌。

赋渔庄 李瓒

五湖之东烟水长，高人于此构渔庄。开轩垂钓吟丽藻，泛舸吹笛窥扶桑。
金尊满注葡萄酒，醉看吴姬小垂手。荣名耳热何足夸，几见秋风落杨柳。

◎地点：玉山佳处之渔庄。
◎人物：陈基、郑元祐、郭翼、李瓒等。
◎文献：《名胜集》二三九页。
◎乐：开轩垂钓，泛舸吹笛，吴姬小垂手。

玉山雅集 宴乐篇

渔庄欸歌 其一 周砥

傍水芙蓉未著霜，看花酌酒坐渔庄。

花边折得芭蕉叶，醉写新词一两行。

◎时间：至正十一年（一三五一）农历九月十四日。

◎地点：玉山佳处之渔庄。

◎人物：陆仁、袁皓、周砥、秦约等。

◎文献：《名胜集》二四六页。

◎宴：看花酌酒。

玉山雅集　宴乐篇

渔庆欸歌其一　袁暠

附：河南陆仁良贵序云：至正辛卯（1351）秋九月十四日，玉山宴客于渔庄之上。芙蓉如城，水禽交飞，临流展席，俯见游鲤。日既夕矣，天宇微肃，月色与水光荡摇棂槛间，遐情逸思，使人浩然有凌云之想。玉山俾侍姬小琼英调鸣筝，飞觞传令，酣饮尽欢。玉山口占二绝，命坐客属赋之。赋成，令渔童樵青乘小榜倚歌于苍茫烟浦中，韵度清畅，音节婉丽，则知三湘五湖，萧条寂寞，那得有此乐也。

玉人花下按凉州，白雁低飞个个秋。弹彻骊珠三万斛，当筵博得锦缠头。

◎时间：至正十一年（一三五一）农历九月十四日。◎地点：玉山佳处之渔庄。

◎人物：陆仁、袁暠、周砥、秦约等。◎文献：《名胜集》二四六页。

◎宴：飞觞传令，酣饮尽欢。◎乐：倚歌，边划船边唱。凉州：唐代大曲著名作品之一。

玉山雅集　宴乐篇

渔庄欸歌 其一 周砥

秋月团团照药栏，水边帘幕晚多寒。
素娥不上青鸾去，借得银筝花里弹。

◎乐：赏月，花边弹筝。
◎文献：《名胜集》二四七页。

玉山雅集 宴乐篇

渔庄欸歌二绝 其一 顾瑛

金杯素手玉婵娟，照见青天月子圆。
锦筝弹尽鸳鸯曲，都在秋风十四弦。

◎时间：至正十年（一三五一）农历九月十四日。
◎地点：玉山佳处之渔庄。
◎人物：顾瑛、袁华、于立、赵珍、李瓒等。
◎文献：《名胜集》二四六页。
◎乐：筝、鸳鸯曲：曲名。有：鸳鸯怨曲、鸳鸯梦、鸳鸯语等。

玉山雅集 宴乐篇

渔庄欸歌二绝其一　于立

对酒清歌窈窕娘，持杯劝客手生香。

袖中藏得双头橘，一半青青一半黄。

◎时间：至正十一年（一三五一）农历九月十四日。

◎地点：玉山佳处之渔庄。

◎人物：顾瑛、袁华、于立、赵珍、李瓒等。

◎文献：《名胜集》二四九页。

◎宴：清歌助酒、双头橘。

玉山草堂雅集 以『何以解忧，唯有杜康』分韵得『有』字　王濡之

嘉宾远方来，念别岁云久。灿烂绮席陈，悃款主情厚。

清言契襟期，高咏绝尘垢。岂无平生欢，文献固难有。

微雨飞轩盈，暮色霭林薮。吾侪亦何幸，酬酢相先后。

酣来小海歌，放浪大垂手。人生白驹隙，几遂开笑口。

明朝渺烟帆，长天仍矫首。

◎时间、地点、人物同十一页。

◎文献：《名胜集》第十九页。

◎乐：小海歌：酒酣之歌。

◎大垂手：欢快之舞。

玉山雅集 宴乐篇

玉山草堂燕集 以『何以解忧，唯有杜康』得『解』字 吴兴 赵奕

我从姑苏来，高台逢吕豸。共坐话当年，日昃不能罢。
回瞻玉山青，百里风帆挂。维舟草堂前，梧竹自潇洒。
一别逾三秋，相见各惊骇。开筵出红妆，持杯擘紫蟹。
黄花照白发，流光岂能买。兹辰且尽乐，一醉百忧解。

◎地点：玉山佳处之渔庄。◎人物：于立、陈基、郭翼、李瓒等。
◎文献：《名胜集》二三八页。◎宴：鱼三尺、酒在壶。
◎乐：琴在床，醉歌。

玉山雅集 宴乐篇

题玉山草堂 朱熙

玉山主人清且妍，标格皎皎人中仙。对花时复得诗句，爱客每能挥酒钱。
寒灯巢雪歌暖响，春水桃源放画船。我将载酒即相觅，与尔醉倒薰风前。

◎地点：玉山草堂。
◎人物：朱熙（上海松江人）、陆居仁等。
◎文献：《玉山名胜集》二十七页。
◎宴：酒：挥酒钱，载酒相觅。

题玉山佳处　杨维桢

我常被酒玉山堂，风物于人引兴长。银丝尊荐野鸭炙，金粟瓜取西杨庄。
山头云气或成虎，溪上仙人多讶羊。何处行春柘枝鼓，阆州竹枝歌女郎。

◎地点：玉山佳处。◎人物：杨维桢、李元珪、郭翼等。
◎文献：《名胜集》五十二页。◎食：烤野鸭。金粟瓜：顾瑛家乡西杨庄村所产，方志云：相传西杨庄有仙人传瓜种。名金粟瓜，俗称黄金瓜。因瓜皮色黄，肉甘洁，又名黄蜜罗。
◎乐：柘枝：唐代大曲之一，属健舞，曲调自开始即高亢明朗，章孝标诗：柘枝初出鼓声招。
◎竹枝：民间小调，源自四川。

玉山席上作次曹睿韵　匡庐于立

绿树当门过屋高，满溪新水系双舠。千林夜色悬青雨，万顷晴云卷素涛。
鹦鹉倾杯传翠袖，琵琶度曲响金槽。扬雄赋就风流甚，制得轻红小袖袍。

◎时间：至正八年（一三八四）农历二月十九日后。◎地点：玉山佳处。
◎人物：昂起吉文、曹睿、杨维桢、于立、顾瑛、沈明远、黄玠、释良琦。◎文献：《名胜集》六十页。
◎宴：鹦鹉杯：船形的酒杯。◎乐：琵琶：弹拨乐器。初名批把。东汉刘熙《释名·释乐器》『批把本出于胡中，马上所鼓也。推手前曰批，引手却曰把，象其鼓时，因以为名也』。即以弹奏方法而得名。汉时称琵琶之名流传至今。

玉山雅集　宴乐篇

次韵永嘉曹新民玉山席上作　顾瑛

诗人得句题茅屋，客子乘流泛小舠。老眼看花起春雾，醉眠听雨响秋涛。
弓盘舞按银鹅队，水调声传金凤槽。与尔共倾千日酒，呼童换却五云袍。

◎时间：至正八年（一三四八）农历二月十九日后。◎地点：玉山佳处。
◎人物：昂起吉文、曹睿、杨维桢、于立、顾瑛、沈明远、黄玠、释良琦。◎文献：《名胜集》六十页。
◎乐：弓盘舞：即队舞。流行于南宋宫廷的宴会伴舞。
◎水调声：即七商。燕乐二十八调四个调类之一。

玉山雅集　宴乐篇

玉山席上作就呈同会　永嘉曹睿

我到玉山最佳处，溪头新水荡轻舠。春回玄圃花如雾，风入苍梧翠作涛。
越女双歌金缕曲，秦筝独押紫檀槽。诗成且共扬雄醉，笑夺山人宫锦袍。

◎时间：至正八年（一三四八）农历二月十九日后。◎地点：玉山佳处。
◎人物：昂起吉文、曹睿、杨维桢、于立、顾瑛、沈明远、黄玠、释良琦。◎文献：《名胜集》五十九页。
◎乐：歌：金缕曲，词调名，（唐）杜秋娘作。劝君莫惜金缕衣，劝君莫惜少年时。有花堪折直须折，莫待无花空折枝。◎筝：弹拨乐器。春秋战国时已流行秦地，故史称『秦筝』。

玉山雅集　宴乐篇

芝云堂宴集 以『冰衡玉壶悬清秋』分韵得『悬』字 匡庐于立

芝草琅玕徧石田，采英撷秀入芳筵。白魚斫鲙明于雪，绿蚁倾樽吸似川。

潭底行云秋共回，檐间高树月初悬。山僧醉说无生法，金粟天花落满前。

◎时间：至正十年（一三五〇）农历七月二十一日。◎地点：玉山佳处之春晖楼·芝云堂。

◎人物：郑元祐、顾瑛、于立、释广宣。◎文献：《名胜集》六十七页。

◎宴：白鱼斫鲙：即生鱼片。◎绿蚁：酒。白酒以色黄而贵。白居易：『绿蚁新醅酒』。

玉山雅集 宴乐篇

芝云堂燕集 以『对酒当歌』分韵得『歌』字 顾瑛

江空暮云合，岁晚雪霰多。佳人美无度，严装迳相过。

夜宴芝云馆，明发玉山阿。繁声落虚溜，急袖翻回波。

客有子曹子，调笑春风歌。歌终易离别，别去愁蹉跎。

相思梅花发，不饮当如何。

◎时间：至正十年（一三五〇）农历十二月初一。◎地点：玉山佳处之芝云堂。

◎人物：顾瑛、杨维桢、曹睿、于立。◎文献：《名胜集》一一五页。

◎乐：繁声《楚辞·九歌·东皇太一》：『五音纷兮繁会』。歌、舞、酒酣高潮。

玉山雅集 宴乐篇

玉山草堂晚酌 以『高秋爽气相鲜新』分韵得『高』字　昂吉起文

七月既望日，玉山主人与客晚酌于草堂中，肴果既陈，壶酒将泻，时暑渐退，月色出林树间。主人乃以『高秋爽气相鲜新』分韵，昂吉得『高』字。

窗外白云翻素涛，座间翠袖妬红桃。

风生杨柳暑光薄，月上芙蓉秋气高。

喜近山僧吟树底，更随仙子步林皋。

主人才思如元白，日日题诗染彩毫。

◎时间、地点、人物同十一页。◎文献：《名胜集》第十九页。

◎乐：小海歌：酒酣之歌。◎大垂手：欢快之舞。

玉山雅集　宴乐篇

芝云堂燕集 以『对酒当歌』分韵得『当』字　于立

岁宴霜霰集，沃野阴茫茫。客从何方来，紫马青丝缰。

主人重意气，把手登高堂。厌厌长夜饮，耿耿华烛光。

纤歌间屡舞，急管催清觞。诗成神与助，愁多酒能当。

今者不为乐，逝者殊未央。明当理行楫，云帆逐风飏。

吴山春似酒，西湖水如霜。出门一长啸，白雁东南翔。

◎时间：至正十年（一三五〇）农历十二月初一。◎地点：玉山佳处之芝云堂。

◎人物：顾瑛、杨维桢、曹睿、于立。◎文献：《名胜集》一一四页。

◎乐：以歌、舞、管乐助酒兴。

玉山雅集　宴乐篇

芝云堂燕集 以「对酒当歌」分韵得「对」字 杨维桢

穷冬积繁阴，快雨不破块。问途玉山下，系船桃溪汇。
主人闻客来，把酒欣相徕。窈窕双歌停，婵娟两眉黛。
谈笑方云云，妍媸各成态。忆昔献策时，日炳重瞳对。
下马宴琼林，官桃出西内。俯仰三十年，同袍几人在。
明当理行舟，天远征鸿背。那能事烦剧，晓出里犹戴。
行将谢冠冕，归荷山阳耒。

◎时间：至正十年（一三五〇）农历十二月初一。◎地点：玉山佳处之芝云堂。
◎人物：顾瑛、杨维桢、曹睿、于立。◎文献：《名胜集》一一三页。
◎乐：美女以歌助酒。

玉山雅集　宴乐篇

芝云堂燕集 以「风林纤月落」分韵得「风」字 于立

广庭清夜饮，秋响起寒虫。香挹花间露，凉生叶上风。
金樽深对月，绿酒净涵空。两两纤歌罢，星河忽已东。

◎时间：至正十年（一三五〇）农历七月六日。◎地点：玉山佳处之芝云堂。
◎人物：于立、释良琦、顾瑛、吴水西、李立。◎文献：《名胜集》一〇五页。
◎宴：对月夜饮，举杯邀明月。◎乐：纤歌：细声吟唱。

玉山雅集　宴乐篇

芝云堂燕席　以古乐府分题得『门有车马客行』　袁华

门有车马客，绣毂夹朱轮。玉鞍光照路，翠盖影摇春。
高堂翼翼云承宇，燕蹴飞花落红雨。
升堂酌酒寿翁媪，吴娃歌歈楚女舞。
愿翁多子仁且武，执戟明光奉明主，
明珠白璧何足数。

◎时间：至正十年（一三五〇）农历七月二十九日。◎地点：玉山佳处之芝云堂。
◎人物：袁华、顾瑛、于立、王祎、赵元、释良琦。◎文献：《名胜集》一一一页。
◎宴：为高堂老人祝寿酒。◎乐：吴歈：吴地美女所唱的歌。
◎楚舞：楚地细腰美女所跳的舞。

玉山雅集　宴乐篇

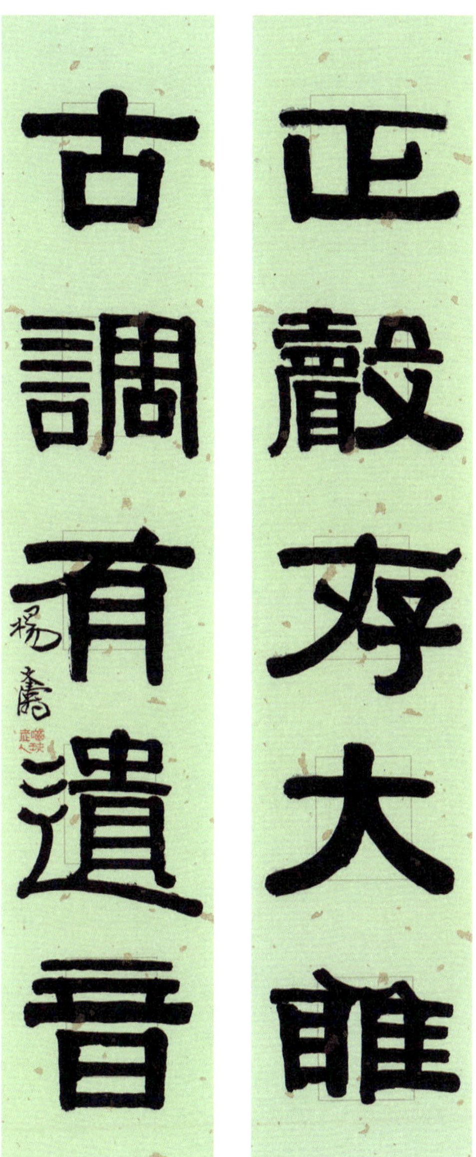

书法
杨文涛
释文：
正声存大雅
古调有遗音

湖光山色楼赏雪 以『冻合玉楼寒起粟』分韵得『寒』字 郯韶

附：匡庐于立彦序云：至正十年，冬温如春，民为来岁疠疹忧。嘉平之望（十二月十五日），凝云昼合，风格格作老枭声，雨霰交下，顷刻积雪遍林野。适郯云台自吴门（苏州），张云槎自娄江（太仓）、吴国良自义兴（宜兴）不期而集，相与痛饮湖光山色楼上，以『冻合玉楼寒起粟』分韵赋诗。国良以吹箫，陈惟允以弹琴，赵善长以画序首各免诗，张云槎兴尽而返。时诗不成者，命佐酒女奴小瑶池、小蟠桃、金缕衣各罚酒二觥。

玉山腊月春意动，独树花发照江干。高阁此时宜望远，开尊与子一凭栏。

雪消野渚凫鹥乱，水落渔舟网罟寒。明日风帆又城市，且须泥饮罄清欢。

◎时间：至正十年（一三五〇）农历十二月十五日。◎地点：玉山佳处之湖山楼。

◎人物：于立、顾衡、郯韶、顾瑛、张云槎等。◎文献：《名胜集》二〇七页。

◎乐：箫、琴、画，各尽所长。◎宴：把酒言欢，高楼凭栏眺雪景。

玉山雅集 宴乐篇

书法

霍国强

释文：

临风忽听歌金缕

隔水时闻度玉笙

端阳前一日集湖光山色楼 即席以『吴东山水』分题得『昆山』 释自恢

马鞍山在勾吴东，山中佳气常郁葱。层峦起伏积空翠，芙蓉削出青天中。
六丁夜半石垒壁，殿开煌煌绚金碧。响师燕坐讲大乘，虎来问法作人立。
天花散雨娑罗树，一声共命云深处。我时细读孟郊诗，兴来更上龙洲墓。
忆昔曾同信心友，七尺枯藤长在手。数年音向堕茫然，顿觉羁怀醉如酒。
嗟彼习俗躭欢娱，锦鞯细马红氍毹。画船吹箾挝大鼓，吴儿棹歌越女歈。
只今歌乐难再得，面颜已带风尘色。何如张宴溪上楼，山光倒浸湖光白。
我爱虎头金粟子，十载论交淡如水。每怀故旧参与商，二老到门惊复喜。
我留玉山君即归，天风泠泠吹客衣。人生会合如梦寐，焉能对酒如吁嚱。
我歌长歌君起舞，山川洵美非吾土。褰裳涉涧采昌阳，且向山中作重午。

◎时间：某年农历五月四日。地点：玉山胜境之湖山楼。◎人物：卢昭、秦约、顾瑛、释自恢、袁华。
◎文献：《名胜集》二一二页。◎乐：箫、鼓、乐器。棹歌、渔歌。

玉山雅集 宴乐篇

书法
霍国强
释文：
西夏郎官好词翰
中州美人妙歌舞

芝云堂外闲坐 和秦文仲韵，并序 顾瑛

是日，秦淮海泛舟过绰湖，向夕未归。予与桂天香坐云堂以之。堂阴枇杷如华，烂炯如雪，乃移桃笙树底，据磐石，相与奕棋，遂胜其紫丝囊而罢。于是小蟠桃执文犀盏起贺，金缕衣轧凤头琴，予亦擘古阮。嚯酒甚欢，而天香郁郁有潸然之态。俄而淮海归，且示以舟中所咏，予用韵并纪其事云。

玉子冈头秋窅冥，石床摘阮素琴停。
枇杷花开如雪白，杨柳叶落带烟青。
每闻投壶笑玉女，不堪鼓瑟怨湘灵。
酒阑秉烛坐深夜，细雨小寒生翠屏。

◎时间：至正十二年（一三五二）农历九月二十二日。◎地点：玉山佳处之芝云堂。
◎人物：顾瑛、秦约、桂真。◎文献：《名胜集》一二四页。
◎乐：小蟠桃、金缕衣，顾瑛家班乐伎艺名。
◎阮：弹拨乐器。古称秦琵琶或月琴。晋『竹林七贤』之一阮咸善弹此乐器，故亦称『阮咸』。顾阿瑛善弹此乐器，昆曲中用作伴奏乐器。

◤玉山雅集 宴乐篇

书法
何昊
释文：
华下称觞介眉寿
帘前舞彩报春晖

题玉山雅集图　昂吉起文

玉山雅集：图者，淮海张叔厚为玉山主人作也，主人当花柳春明之时，宴客于玉山中，极其衣冠人物之盛，至今林泉有光。叔厚即一时景，绘而成图。杨铁史既序其事，又各分韵赋诗于左，俾当时预是会者，既足以示不忘，而后之览是图与是诗者，又能使人心畅神驰，如在当时会中，展玩之余，因赋诗记其后云。

玉山草堂花满烟，青春张乐宴群贤。
美人踏舞艳于月，学士赋诗清比泉。
人物已同禽鸟乐，衣冠并入画图传。
兰亭胜事不可见，赖有此会如当年。

◎时间：至正八年（一三四八）农历二月十九日后。◎地点：玉山佳处。
◎人物：昂吉起文、曹睿、杨维桢、于立、顾瑛、沈明远、黄玠、释良琦。◎文献：《名胜集》五十八页。
◎乐：踏舞：汉、唐间风俗性歌舞。《西京杂记》：『汉宫女以十月十五日，相与联臂踏地为节，歌《赤凤来》。』唐时曾传至日本。

玉山雅集　宴乐篇

书法
陈智
释文：
金缕和烟春漠漠
赤栏倚月水溶溶

端阳前一日湖光山色楼 即席以「吴东山水」分题得「阳澄湖」 袁华

海虞之南姑胥东，阳城湖水青浮空。弥漫巨浸二百里，势与江汉同朝宗。
波涛掀簸日惨淡，鱼龙起伏天晦蒙。雨昏阴渊火夜烛，下有物怪潜幽踪。
下雉巴城水相接，以城名湖胡不同。想当黄池会盟后，夫差虎视中原雄。
东征诸夷耀威武，湖阴阅战观成功。陵迁谷变天地老，按图何地追遗踪。
我来吊古重太息，空亭落日多悲风。虎头结楼傍湖驻，窗开几席罗诸峰。
鸣鸡吠犬境幽阒，嘉禾良田青郁葱。渔郎莫是问津者，仙源或与人间通。
时当端阳天气好，故人久别欣相逢。玻璃万顷泛舟入，俯览一碧摩青铜。
莼丝鲈鲙雪缕碎，菱叶荷花云锦重。恩赐终惭鉴曲客，水嬉不数樊川翁。
酒酣狂吟逸兴发，白鸥惊起菰蒲中。相国井湮烽火閟，郎官水涸旌旗红。
此中乐土可避世，一舸便逐陶朱公。更呼列缺鞭乘龙，前驱飞廉后丰隆。
尽将湖水化霖雨，净洗甲兵歌岁丰。

◎时间：年农历五月四日。地点：玉山佳处之湖山楼。◎人物：卢昭、秦约、顾瑛、释自恢、袁华。
◎文献：《名胜集》二二三页。◎宴：莼、鲈、莼菜羹。鲈鱼生鱼片。

玉山雅集 宴乐篇

书法
丁建中
释文：
欢笑尽今夕
不醉当无还

题桐花道人卷　顾瑛

桐花道人吴国良，雪中自云林来，持所制桐花烟见遗。留玉山中数日。今日始晴，相与同坐雪巢，以铜博山焚古龙涎，酌雪水，烹藤茶。出蟹雷琴，听清癯生陈惟允弹《石泉流水调》。道人复以碧玉箫作《清平乐》。虚室半白，尘影不动，清思不能已已。道人出所携卷，索和民瞻石先生所制《清平乐》词。予遂以紫玉池试桐花烟以赠之，且邀座客郯云同和。时至正十年腊月二日也。

凤箫声度，十二瑶台暮。开遍琼花千万树，才入谢家诗句。

仙人酌我流霞，梦中知在谁家。酒醒休扶上马，为君一洗筝琶。

◎时间：至正十年（一三五〇）农历十二月二十二日。◎地点：玉山佳处之雪巢。

◎人物：吴国良、陈惟允、顾瑛、郯韶等。◎文献：《名胜集》三〇八页。

◎乐：博山炉焚龙涎香，古琴弹流水调，雪水烹藤茶，箫吹清平乐，内涵丰富的玉山雅集。

玉山雅集　宴乐篇

书法

石海松

释文：

水统佳境笑旧日莺花笙歌何在

绮绣琳琅看新开图画风月无边

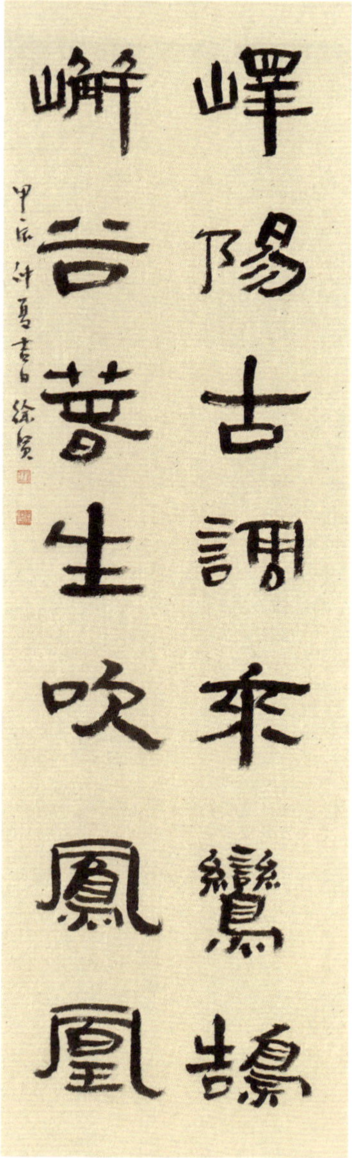

饮酒渔庄上 以『解钓鲈有几人』分韵得『鲈』字 并序 于立

至正庚寅七月十一日，饮酒渔庄。时雨初过，芙蓉始著数花，翡翠飞栏槛间。渔童举网得二尺鲈，于是相与乐甚，主人分韵赋诗。主则玉山隐君，客则琦龙门、于匡庐，行酒者小琼英，予则于彦成，弁其首简。是日以『解钓鲈鱼有几人』分平声韵赋诗。诗成者二人。

波光月色净涵虚，炯若清冰在玉壶。
水槛夜凉栖翡翠，钓竿秋净拂珊瑚。
杯行玉手琼英酒，鲙斫金盘雪色鲈。
书卷诗篇不知数，为君题作辋川图。

◎时间：至正十年（一三五〇）农历七月十一日。◎地点：玉山佳处之渔庄。
◎人物：于立、释良绮、顾瑛。◎文献：《名胜》二四四页。
◎宴：琼英酒，雪色鲈（生鱼片）。

玉山雅集 宴乐篇

书法
徐贤
释文：
峄阳古调来鸾鹄
嶰谷春生吹凤凰

美食篇
FOOD

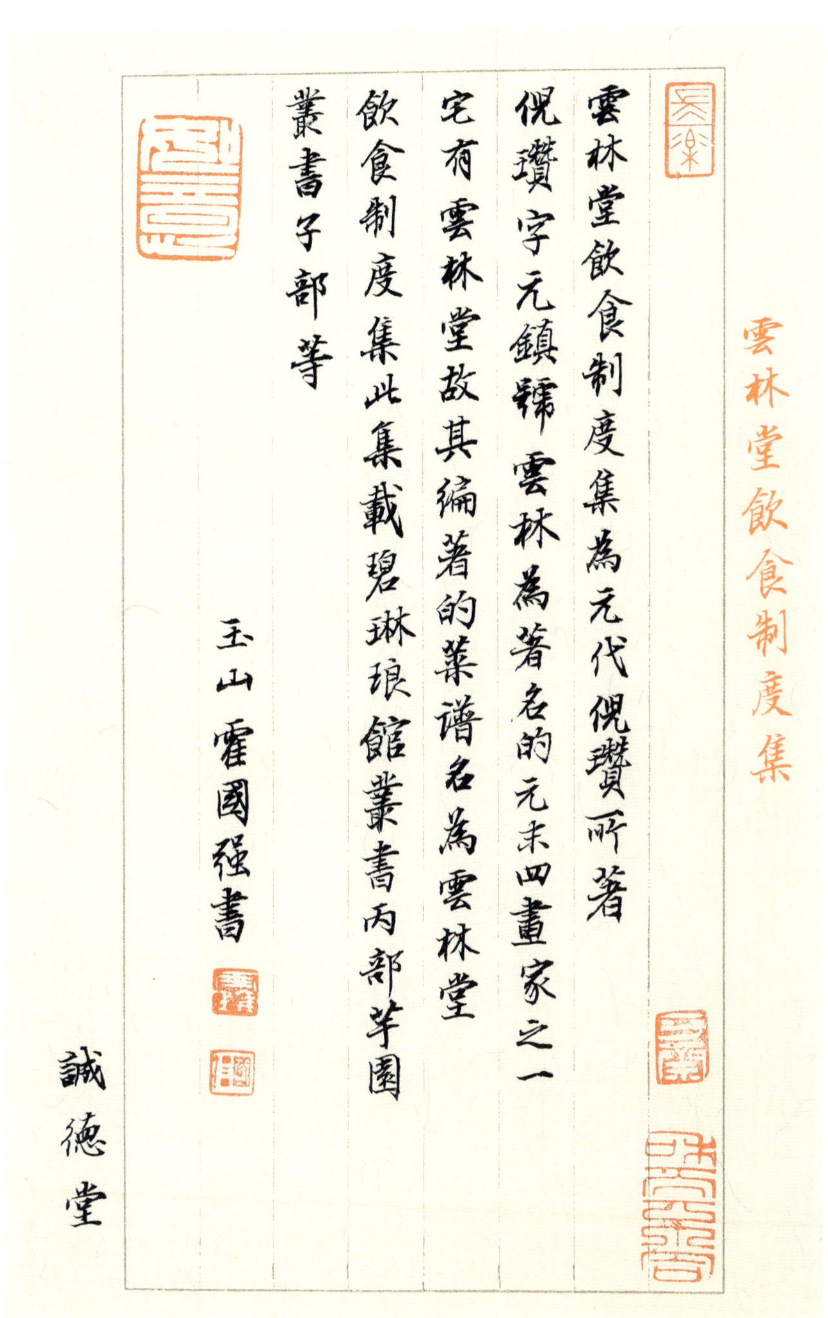

书法

霍国强

释文：

《云林堂饮食制度集》为元代倪瓒所著。倪瓒，字元镇，号云林，为著名的元末四画家之一。宅有“云林堂”，故其编著的菜谱名为《云林堂饮食制度集》。此集载《碧琳琅馆丛书·丙部》《芋园丛书·子部》等。

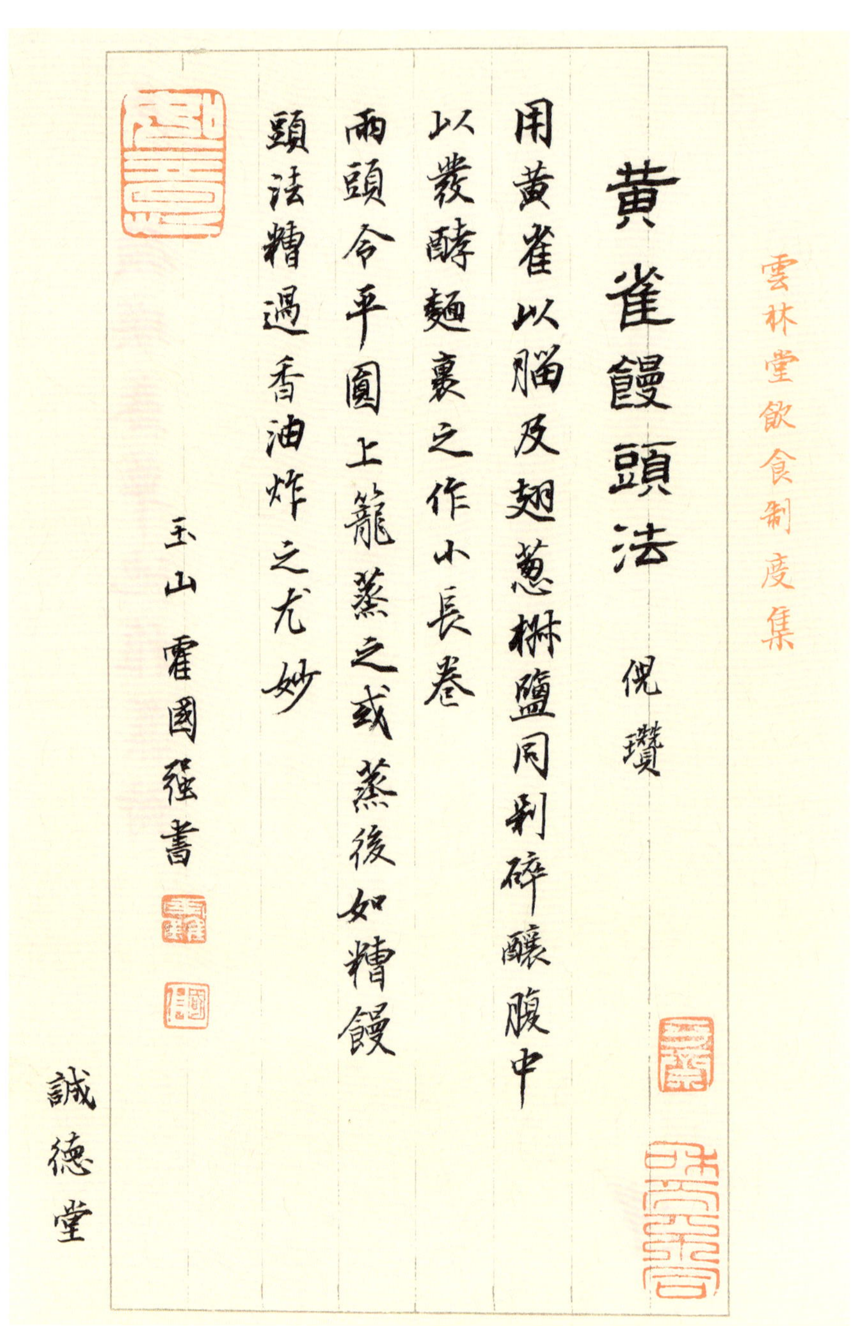

书法

霍国强

释文：

黄雀馒头法：

用黄雀，以脑及翅、葱、椒、盐同剁碎，酿腹中。以发酵面裹之，作小长卷，两头令平圆，上笼蒸之。或蒸后如糟馒头法糟过，香油炸之尤妙。

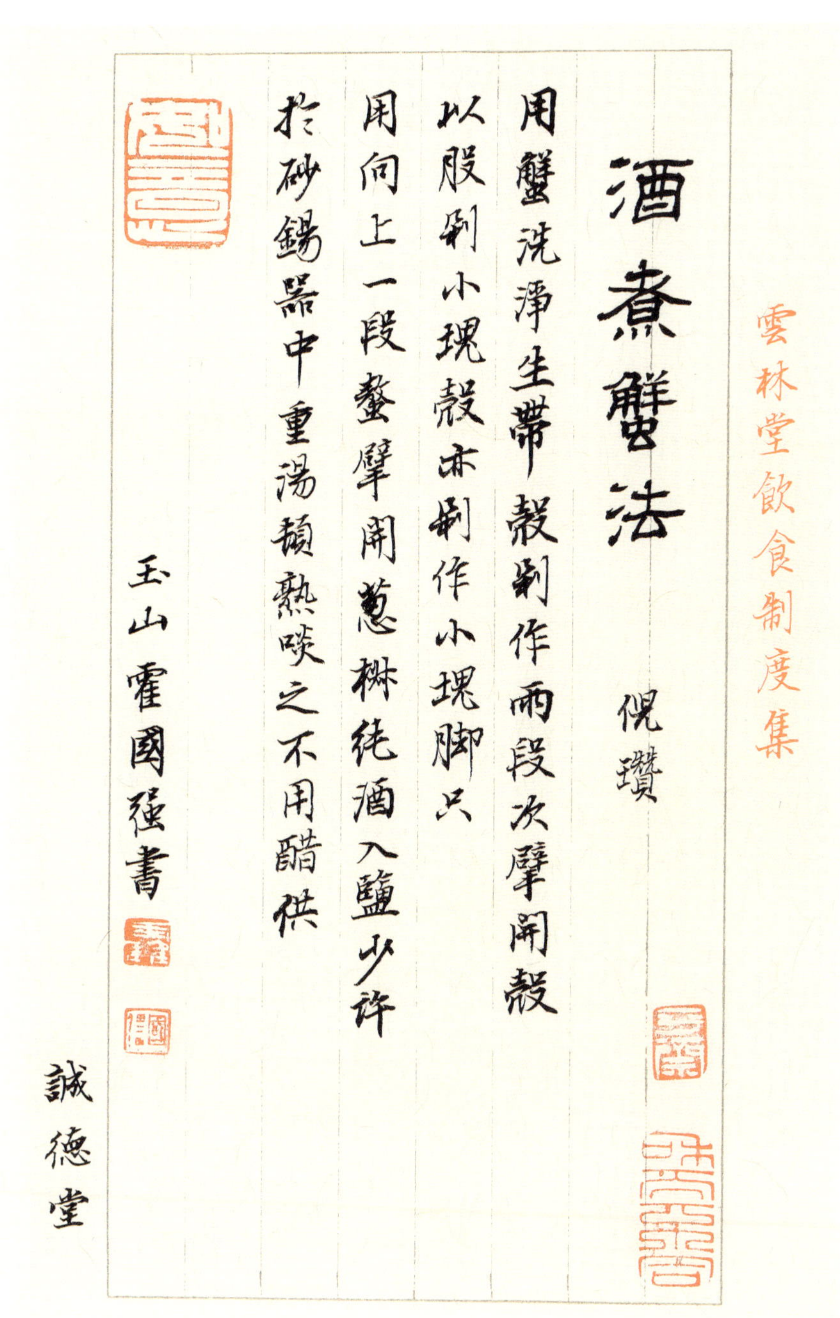

书法

霍国强

释文：

酒煮蟹法：

用蟹洗净，生带壳剁作两段。次擘开壳，以股剁小块，壳亦剁作小块，脚只用向上一段，螯擘开，葱、椒、纯酒，入盐少许，于砂锡器中重汤顿熟。啖之不用醋供。

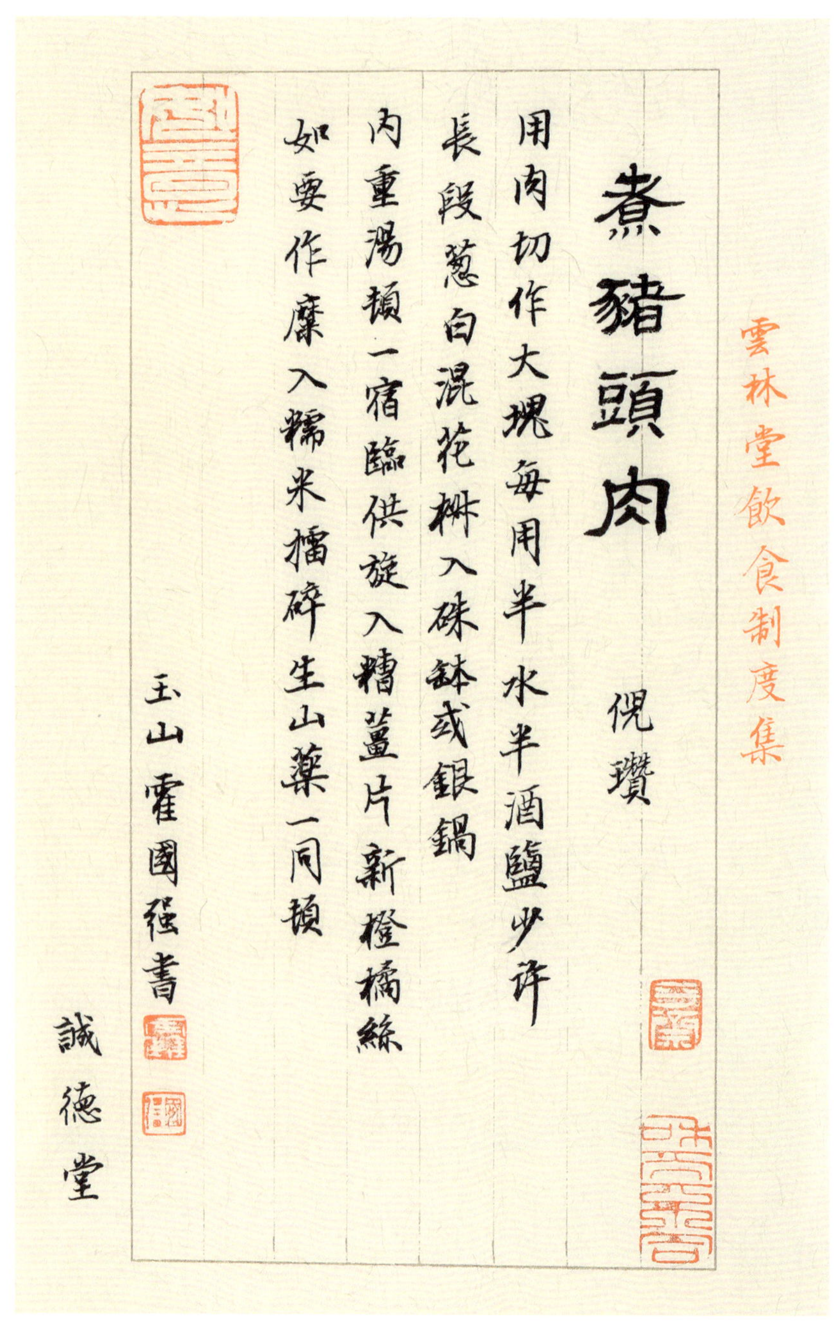

书法

霍国强

释文：

煮猪头肉：

用肉切作大块。每用半水半酒，盐少许，长段葱白混花椒入硃鉢或银锅内，重汤顿一宿。临供，旋入糟姜片、新橙、桔丝。如要作糜，入糯米，擂碎，生山药一同顿。

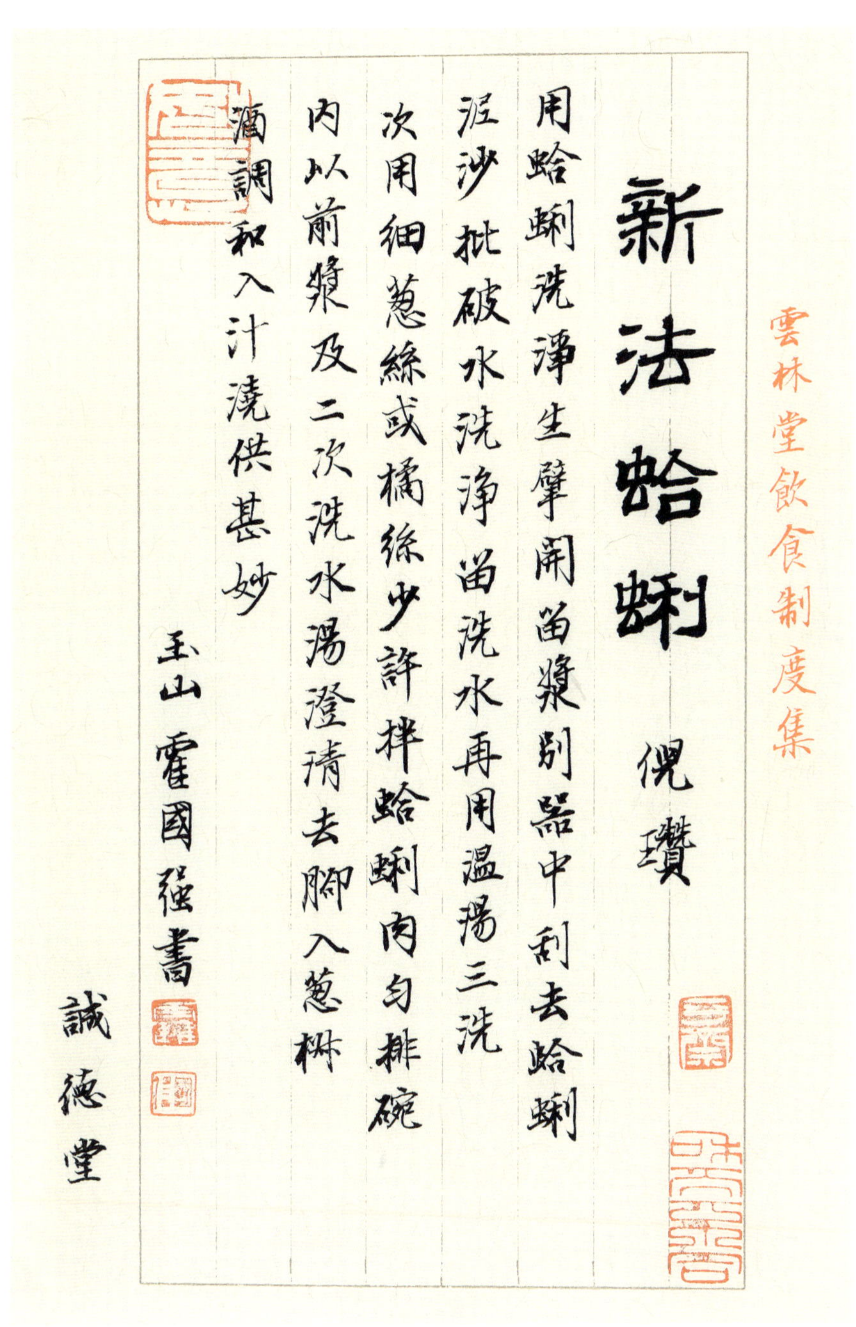

书法

霍国强

释文：

新法蛤蜊：

用蛤蜊洗净。生擘开，留浆别器中。刮去蛤蜊泥沙，批破，水洗净，留洗水。再用温汤三洗，次用细葱丝或橘丝少许拌蛤蜊肉，匀排碗内。以前浆及二次洗水汤澄清去脚，入葱、椒、酒调和。入汁浇供，甚妙。

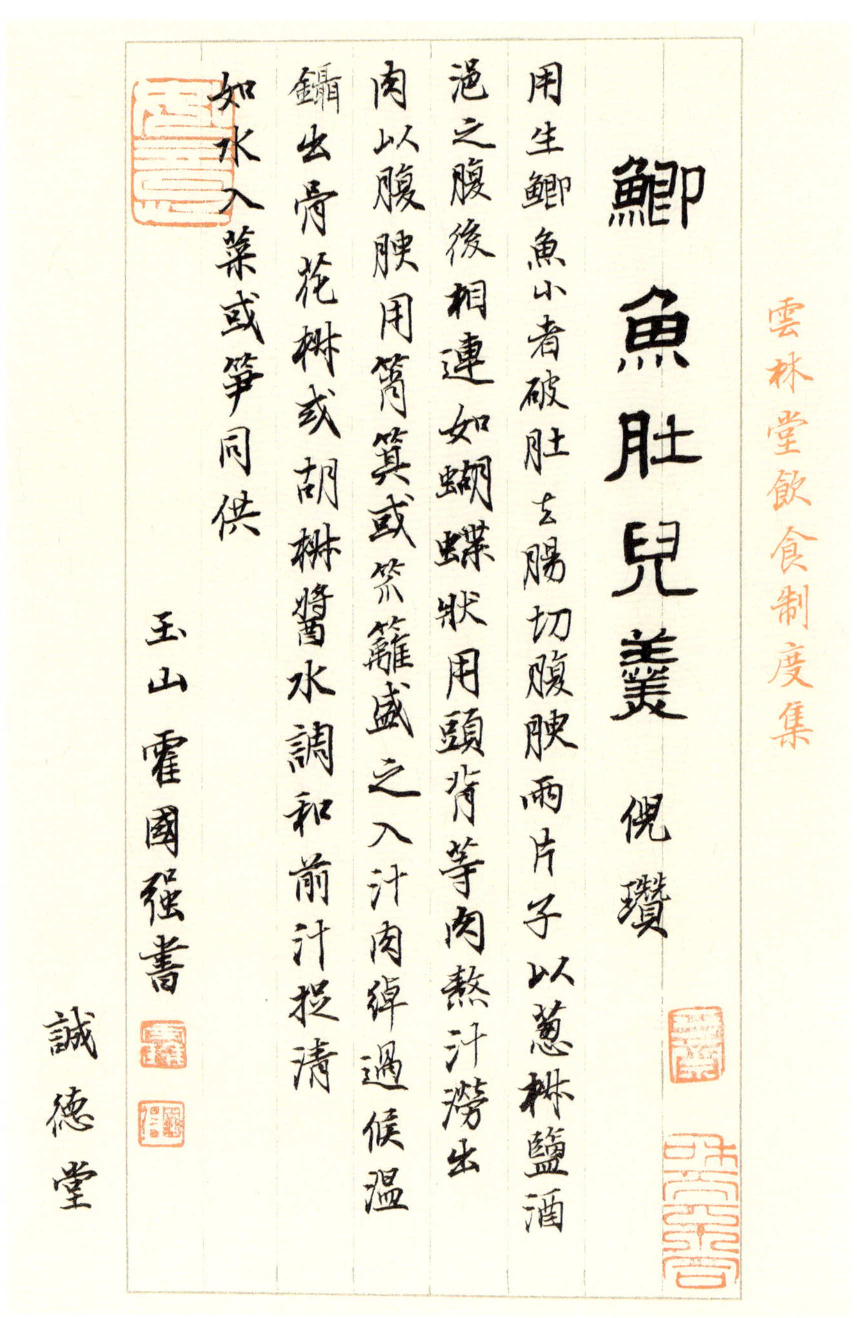

雲林堂飲食制度集
鯽魚肚兒羹
倪瓚
用生鯽魚小者破肚去腸切腹腴兩片子以葱椒鹽酒浥之腹後相連如蝴蝶狀用頭背等肉熬汁撈出肉以腹腴用筲箕或笊籬盛之入汁肉綽過候溫鑷出骨花椒或胡椒醬水調和前汁提清如水入菜或笋同供
玉山霍國強書
誠德堂

书法

霍国强

释文：

鲫鱼肚儿羹：

用生鲫鱼小者，破肚去肠，切腹腴两片子，以葱、椒、盐、酒浥之。腹后相连如蝴蝶状。用头、背等肉熬汁，捞出肉。以腹腴用筲箕或笊篱盛之，入汁肉绰过。候温，镊出骨，花椒或胡椒、酱水调和。前汁提清如水，入菜，或笋同供。

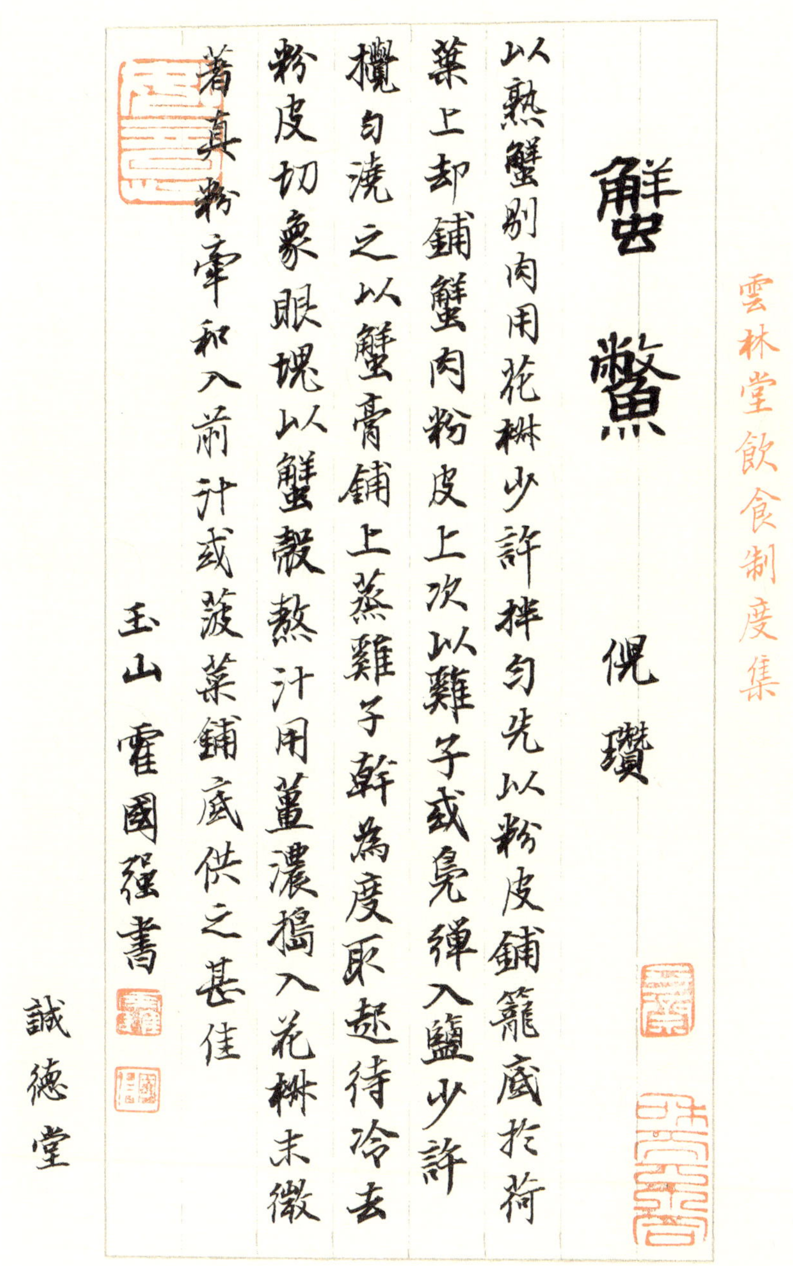

书法
霍国强
释文：
蟹鳖：

以熟蟹剔肉，用花椒少许搅匀。先以粉皮铺笼底于荷叶上，却铺蟹肉粉皮上，次以鸡子或凫弹，入盐少许搅匀浇之，以蟹膏铺上，蒸鸡子干为度。取起，待冷，去粉皮，切象眼块。以蟹壳熬汁，用姜浓捣，入花椒末，微著真粉牵和，入前汁或菠菜铺底供之。甚佳。

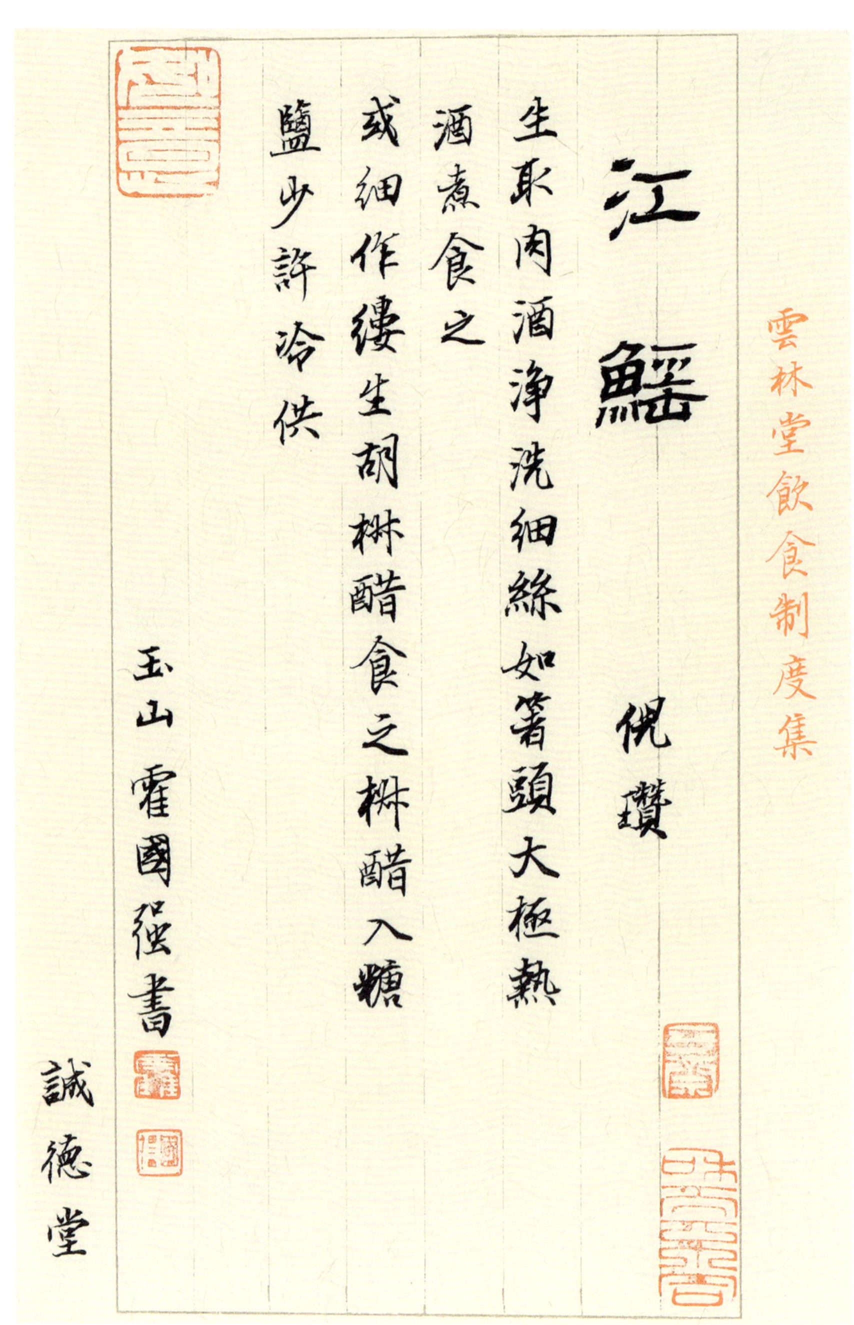

书法
霍国强
释文：
江鳐：

生取肉，洒净洗。细丝如箸头大，极热酒煮食之。或细作缕生，胡椒、醋食之。椒、醋，入糖、盐少许，冷供。

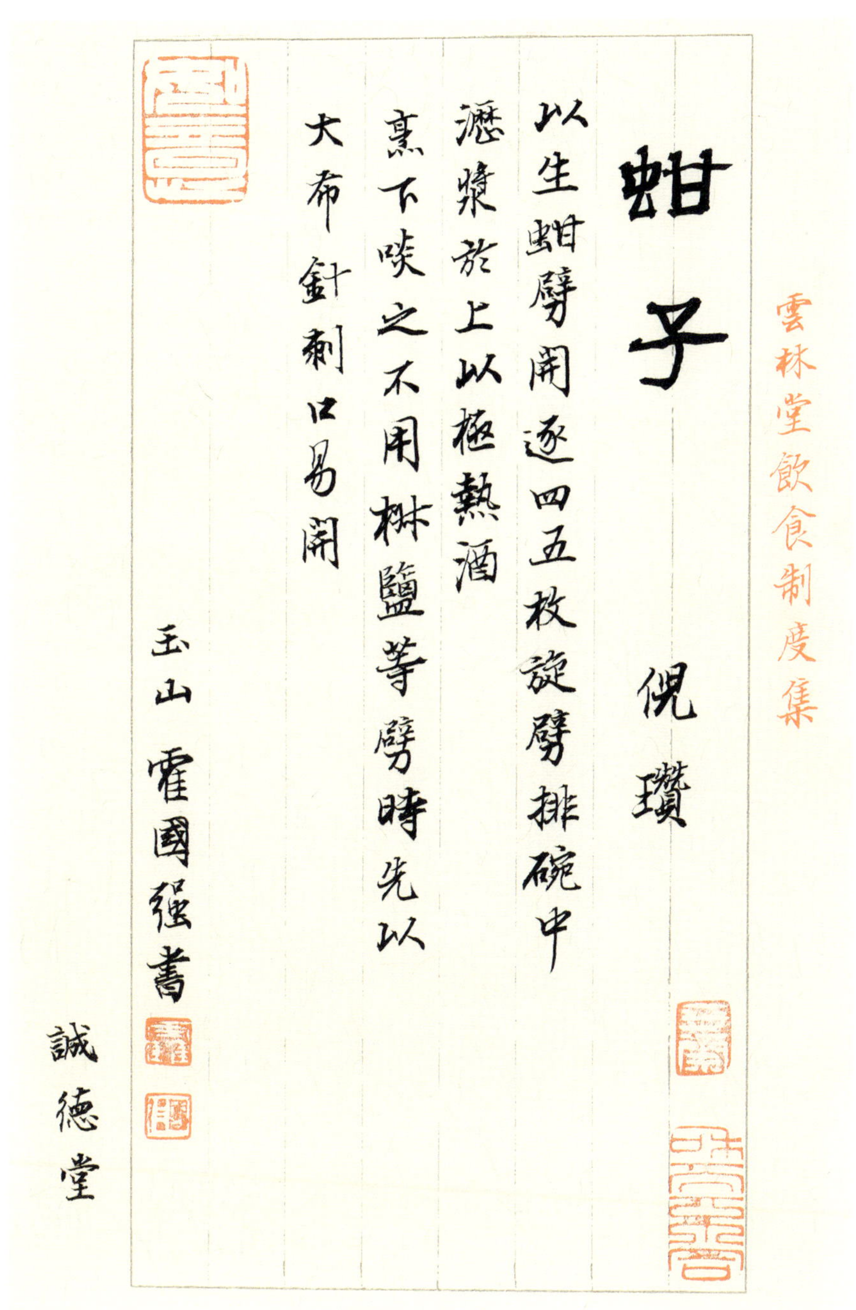

书法

霍国强

释文：

蚶子：

以生蚶劈开，逐四、五枚，旋劈，排碗中，旋劈，排碗中，沥浆于上，以极热酒烹下，啖之。不用椒盐等。劈时，先以大布针刺，口易开。

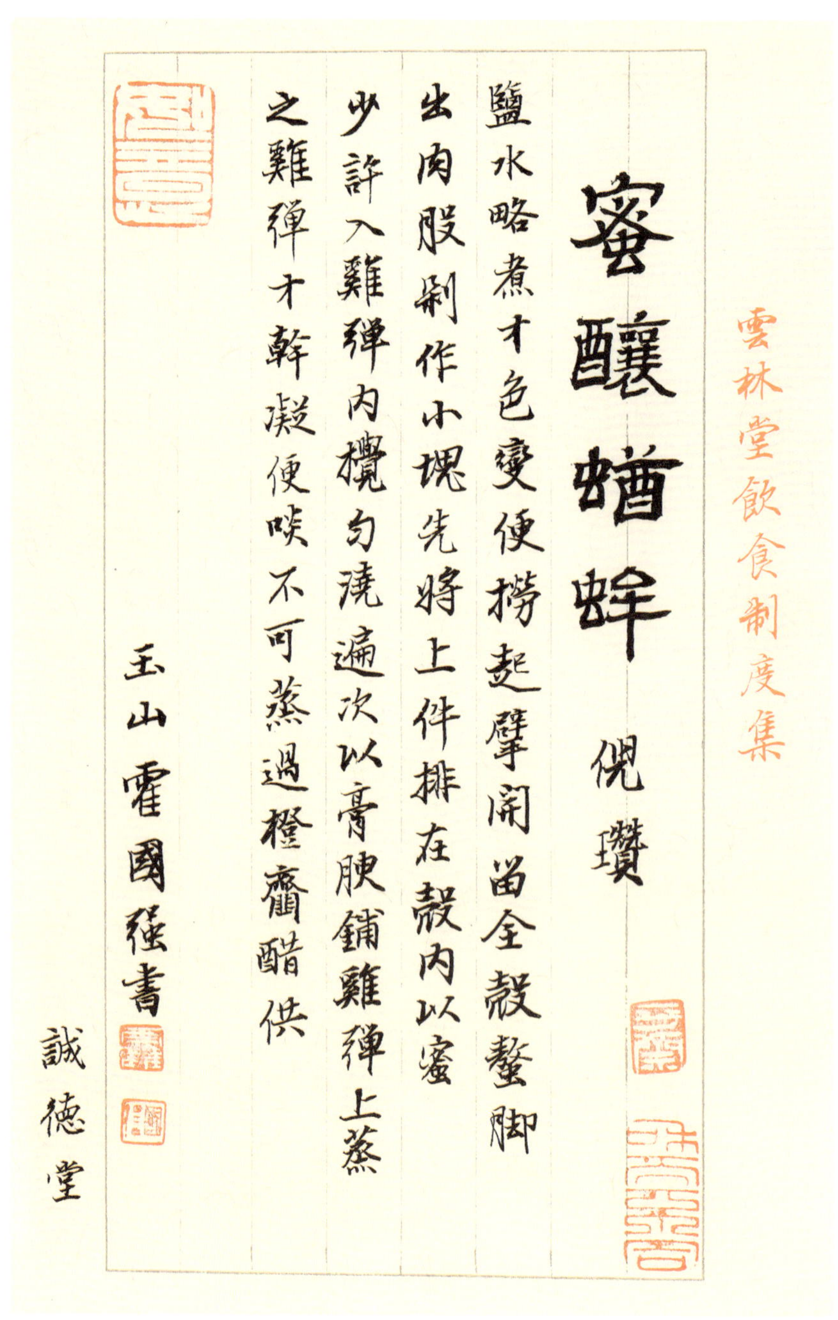

书法

霍国强

释文：

蜜酿蝤蛑：

盐水略煮，才色变便捞起。擘开，留全壳，螯脚出肉，股剁作小块。先将上件排在壳内，以蜜少许，入鸡弹内搅匀，浇遍，次以膏腴铺鸡弹上蒸之。鸡弹才干凝便啖，不可蒸过。橙齑、醋供。

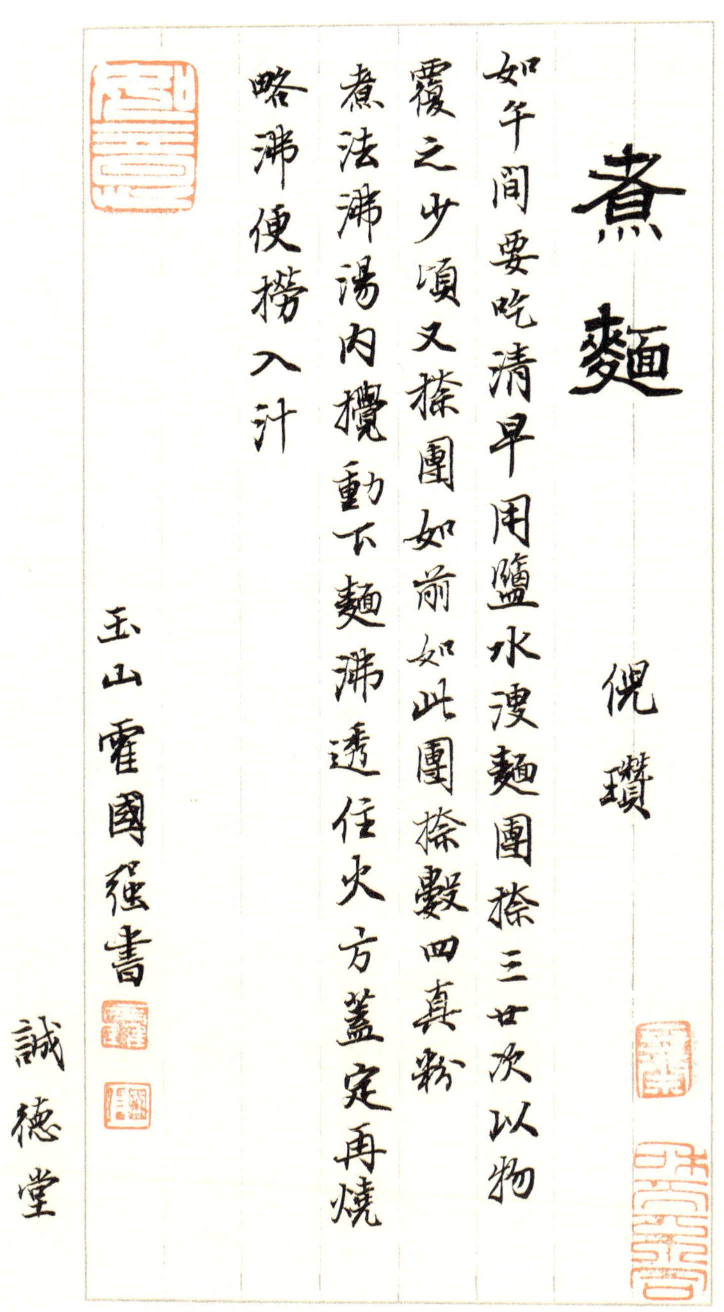

雲林堂飲食制度集
煮麵
倪瓚
如午間要吃清早用鹽水溲麵團捺三廿次以物
覆之少頃又捺團如前如此團捺數四真粉
煮法沸湯內攪動下麵沸透住火方蓋定再燒
略沸便撈入汁
玉山霍國強書
誠德堂

书法

霍国强

释文：

煮面：

如午间要吃，清早用盐水溲面团，捺三廿次，以物覆之。少顷，又捺团如前。如此团捺数四。真粉细末，捍切。煮法，沸汤内搅动下面，沸透住火方盖定，再烧，略沸，便捞入汁。

图书在版编目(CIP)数据

“宴·乐——玉山雅集特展”文献集 / 赵宗概主编 .
上海 : 上海书店出版社，2024. 11. -- ISBN 978-7
-5458-2419-3

Ⅰ. I206-53

中国国家版本馆 CIP 数据核字第 20246UQ551 号

责任编辑 章玲云

“宴·乐——玉山雅集特展”文献集

赵宗概 主编

出　　版 上海书店出版社
（201101　上海闵行区号景路159弄C座）
发　　行 上海人民出版社发行中心
印　　刷 上海雅昌艺术印刷有限公司
开　　本 889 × 1194　1/16
印　　张 16.25
版　　次 2024年11月第1版
印　　次 2024年11月第1次印刷
ISBN 978-7-5458-2419-3/I.585
定　　价 280.00元